P. B. Vauvillé

# Ein kunstvoller Mord

Kriminalroman

Aus dem Französischen
von Maja Ueberle-Pfaff



Atlantik

*Atlantik Bücher erscheinen im*
*Hoffmann und Campe Verlag, Hamburg.*

1. Auflage 2019
Originaltitel: *Une simple erreur de jugement*

*www.hoca.de* *www.atlantik-verlag.de*
Umschlaggestaltung: Sarah M. Hensmann © Hoffmann und Campe
Umschlagabbildung: Netfalls Remy Musser / Shutterstock
Satz: Pinkuin Satz und Datentechnik, Berlin
Gesetzt aus der Albertina MT und der Brandon Text
Druck und Bindung: C. H. Beck, Nördlingen
Printed in Germany
ISBN 978-3-455-00082-5

HOFFMANN
UND CAMPE

*Ein Unternehmen der*
GANSKE VERLAGSGRUPPE

# 1

Dem arglosen Spaziergänger, den es am Abend des 23. Oktober in die Nähe der Kirche Saint-Germain-l'Auxerrois verschlagen hätte, wäre zweifellos nichts aufgefallen. Wer jedoch ein Weilchen am Geländer eines Balkons in der Rue des Prêtres gelehnt hätte, wäre Zeuge einer merkwürdigen Prozession lichtscheuer Gestalten geworden, die nacheinander verstohlen in die Kirche huschten. Mit ihrer schwarzen Kleidung sahen sie aus wie Mitglieder eines Geheimordens. Rosa Kontrapunkt, die als letzte durch das Portal schlüpfte, warf einen hastigen Blick über die Schulter, bevor das altehrwürdige Gebäude sie verschluckte.

Saint-Germain-l'Auxerrois hatte schon immer eine eigenartige Faszination auf sie ausgeübt, die sogar so weit ging, dass es für sie zu einem Ritual geworden war, der Kirche bei jedem ihrer Aufenthalte in Paris einen Besuch abzustatten. Sie wusste sehr wohl, welche schreckliche Rolle die Saint-Germain-l'Auxerrois in der Bartholomäusnacht gespielt hatte: Ihre Glocken hatten das grausame Gemetzel eingeläutet, bei dem in ganz Frankreich um die dreißigtausend Protestanten umgekommen waren. Doch hegte die protestantische, deutschstämmige Rosa deswegen keinen unversöhnlichen Groll. Sie sah in der Kirche vielmehr eine Heimstatt der Künstler. Sie selbst war Künstlerin mit Leib und Seele, ihr ganzes Wesen kreiste um dieses Selbstverständnis. Und so verstand sie auch das bevorstehende nächtliche Abenteuer als wichtige Mission – und in ihrem Leben hatte sie schon einige erfüllt.

Im bleichen Licht des Vollmonds, das durch die Glasfenster hereinfiel, tastete sie nach einer Kirchenbank, auf der sie ihren Rucksack abstellen und ihre Höhlenforscher-Ausrüstung anlegen konnte. Sie zog sich die Kapuze ihrer Jacke über den Kopf und streifte sich ein Stirnband mit einem Lämpchen über, das sie sofort anknipste. Mit Hilfe dieser Montur, mit der sie einem leuchtenden Tiefseefisch ähnelte, konnte sie sich in dem gewaltigen Raum besser orientieren, der mit seinen zahlreichen dunklen Winkeln und schattigen Ecken schon am hellen Nachmittag beeindruckend genug war. Jetzt, in der Nacht, schienen selbst die Marmorstatuen in ihren erstarrten Posen furchtsam zu zittern.

Als die Glocken im nahegelegenen Kirchturm elf Mal schlugen, hob Rosa die Falltür neben dem Marien-Triptychon und stieg in den unterirdischen Gang hinab, der sie zu ihrem Ziel, dem alten Warenhaus, führte, das längst nicht mehr genutzt wurde. Der Weihrauchgeruch wurde schwächer, je weiter sie sich von der Kirche entfernte, stattdessen roch es immer muffiger, nach Schimmel und abgestandener Luft.

Da es für die Einstimmung auf die kommenden Empfindungen notwendig war, dass jeder sich allein auf den Weg machte, war vereinbart worden, dass die Teilnehmer während des Happenings nicht miteinander sprechen würden. Nachdem sie über eine Treppe am Ende des Gangs in das leere, mehrere Etagen umfassende Gebäude gelangt war, steckte sich Rosa im schwach orangeroten Schein der Straßenlaternen, der durch die hohen Fenster in den Innenraum fiel, zwei kleine Kopfhörer in die Ohren und schaltete ihren iPod ein. Prompt brandete das Stimmengewirr von Kunden aus den entschwundenen Glanzzeiten des Kaufhauses an ihre Ohren. Sie stellte den Rucksack in einer Ecke ab und machte sich an die Erkundung des weitläufigen Innenraums.

Sie begann bei der Treppe, die sie aus dem Keller ins Erdgeschoss geführt hatte, und schlenderte langsam durch die Überbleibsel einer vergangenen Ära. Hier und da lagen nackte Kleiderpuppen herum, manche mit fehlenden Gliedmaßen oder grotesk verrenkt. Vorsichtig schlängelte sie sich zwischen den kahlköpfigen, blicklosen Puppen und anderem Plunder hindurch. Ein Stück entfernt konnte sie eine schemenhafte Gestalt ausmachen, die vor einer Säule im Schein ihres Lämpchens den Lageplan des Warenhauses studierte. Rosa konnte ihre Gesichtszüge erst nicht erkennen, da der gesamte Raum in ein flirrendes Dämmerlicht getaucht war und die Teilnehmer bei ihren Rundgängen auf Abstand achteten. Doch bei genauerem Hinsehen erkannte sie ihren Freund Pierre, mit dem sie schon in allen möglichen Ländern an Happenings teilgenommen hatte und der ein glühender Verfechter solcher Experimente war.

Rosa steuerte die breite Haupttreppe an, die zur ersten Etage hinaufführte. Plötzlich merkte sie, dass sie irgendwo im Halbdunkel jemand fotografierte. Als sie sich umdrehte, fiel der Strahl ihres Stirnlämpchens für einen kurzen Moment auf ein weibliches Gesicht, das teilweise von einer Kamera verdeckt war. Rosa glaubte, Solveig Brenner zu erkennen, eine Fotografin um die vierzig, die schon mehrfach ihren Weg gekreuzt hatte, und freute sich, sie hier zu sehen. Nach der Performance könnten sie sich vielleicht über ihre jüngsten Arbeiten austauschen. Vage bekam sie mit, wie Solveig sich von ihr entfernte und auf eine andere Schattengestalt zuging.

Schritt für Schritt tastete sie sich die monumentale Treppe empor, die Hand am Geländer, denn in der Mitte des Gebäudes war das Licht noch spärlicher als in der Nähe der Wände und der hohen Fenster. Von Zeit zu Zeit strichen die Scheinwerfer eines *Bateau Mouche* über die Treppe und warfen kolossale Schattengebilde an die Wände. Immer wieder stieß Rosa mit dem Fuß gegen Schutthaufen und andere Hindernisse, sie kam nur langsam voran.

Mehrere helle Lichtkegel, eine langgestreckte Gestalt in der Ferne und gedämpftes Murmeln machten sie auf drei andere Performer aufmerksam. Allmählich machte ihr die schlechte Sicht im Gebäude immer mehr zu schaffen, und sie schwor sich, an keinem nächtlichen Happening mehr teilzunehmen.

Es waren noch keine zwanzig Minuten verstrichen, als plötzlich laute Hilferufe das Stimmengewirr vom Band übertönten. Rosa riss sich die Kopfhörer aus den Ohren und lauschte. Diesmal hörte sie deutlich, wie eine Männerstimme etwas rief. Sie lief eilig die Treppe hinunter, verfehlte eine Stufe und knickte um. Andere Performer, die ebenfalls herbeigerannt kamen, halfen ihr auf. Gemeinsam erreichten sie das Erdgeschoss. Bei der Szene, die sich ihren Blicken bot, stockte ihnen der Atem. Rosa spürte, wie sich die Härchen an ihren Armen aufrichteten. Vor ihnen stand Pierre, über die liegende, grotesk verrenkte Solveig Brenner gebeugt, deren Brust von Erbrochenem besudelt war. Ein paar Meter entfernt lag ihre Kamera mit zerbrochenem Gehäuse.

# 2

Ein mittelgroßer Mann mit einem grauen Haarkranz trat an die liegende Gestalt heran und tastete am Hals nach ihrem Puls. Er beugte sich über sie, blickte ihr prüfend ins Gesicht und untersuchte den Speichel, der ihr aus dem Mundwinkel geronnen war.

»Sie ist tot. Rufen Sie die Polizei!«

Rosa holte ihr Handy hervor, das sie entgegen der ausdrücklichen Bitte der Veranstalter dabeihatte.

»Quentin?«, rief sie, als ihr Sohn abnahm. »Ruf sofort deinen Freund Brossard an.«

»Er ist nicht mein Freund«, widersprach Quentin Belbasse reflexartig.

Er war eben erst von einer dreiwöchigen Tournee zurückgekehrt, entnervt von den Launen der Sängerin, die er begleiten musste, und hatte gerade mal Zeit gehabt, seine Gitarre abzustellen und sich ein Glas Weißwein einzugießen.

»Was ist denn los?«, fragte er irritiert. »Wo steckst du?«

»Im Samaritaine. Wir haben eine Tote.«

Im Nu war er hellwach. »Was? In was bist du denn jetzt schon wieder geraten?«

»Ruf mich an, wenn du vor der Saint-Germain-l'Auxerrois stehst. Und beeil dich!«

Quentin legte auf und wählte umgehend die Nummer von Lieutenant Brossard, den er bei dem Mordfall im Cabaret Narcisse kennengelernt hatte. Eigentlich waren der Lieutenant und er sich nicht besonders grün, aber Brossard war nun mal der einzige Polizist, den er kannte.

»Hallo«, meldete sich jemand mit schwerer Zunge.

»Mir wurde ein verdächtiger Todesfall im Samaritaine gemeldet.«

»Wer spricht denn da?«

»Belbasse. Quentin Belbasse, erinnern Sie sich?«

»Ich bin nicht im Dienst.«

»Wir erwarten Sie vor der Saint-Germain-l'Auxerrois.«

Auf dem Weg zum Kirchenportal fiel Quentins Blick auf die herbstlich kahlen Bäume, die ihre Äste in einen bedeckten Himmel reckten, an dem sich hin und wieder der Mond zwischen den Wolkenrändern hervorschob.

Lieutenant Jean-Michel Brossard erschien ein paar Minuten später und sah mindestens so finster aus wie die tiefhängenden Wolken am Nachthimmel. Seit Capitaine Corsini im Ruhestand war, gehörte er zu den wichtigsten Männern im Morddezernat. Der zweiundvierzigjährige überzeugte Single war ein attraktiver Mann, trotz der beginnenden Stirnglatze, wegen der er das rote Haar stoppelkurz trug, und ein paar stressbedingter Kilos zu viel. Er wurde von zwei Kollegen begleitet, einem etwas jüngeren, schlanken Mann und einer rundlichen Frau um die fünfzig. Rosa humpelte ihnen auf dem Kirchenvorplatz entgegen.

»Folgen Sie mir«, kommandierte sie, drehte sich um und humpelte zurück.

In der ersten Etage des Warenhauses stießen die Polizisten auf den Leichnam von Solveig Brenner, umringt von dem Grüppchen der Performer, die mittlerweile ihre Stirnlampen abgelegt und ernste Mienen aufgesetzt hatten. Brossard zog sich Einmalhandschuhe über, beugte sich über das Opfer und holte seine Taschenlampe hervor.

»Wer hat ihren Tod festgestellt?«, fragte er, ohne sich vorgestellt zu haben.

»Ich.« Der Mann mit dem grauen Haarkranz trat in den Schein der starken Taschenlampe, die der Polizist auf das Opfer gerichtet hatte.

»Wer sind Sie?«

Ohne auf eine Antwort zu warten, wandte sich Brossard an seinen männlichen Kollegen.

»Vincent, kümmer dich darum, dass wir möglichst schnell Strom bekommen, und wenn du einen Mitarbeiter vom EDF herschleifen musst. Dann postierst du dich vor der Kirche und zeigst den Leuten von der Kriminaltechnik den Weg.«

Der Angesprochene trat ein paar Schritte zur Seite, um zu telefonieren. Seine Stimme hallte erschreckend laut in dem großen, leeren Gebäude.

»Dr. Simon Duhesme«, stellte sich der Mann vor, als er sah, dass der Lieutenant ihm wieder seine volle Aufmerksamkeit widmete.

»Und Sie haben nichts Besseres zu tun, als in ein Gebäude einzudringen, das für die Öffentlichkeit gesperrt ist?«, fragte Brossard trocken. »Bitte? Ich höre?«

»Nun ja, ich befand mich in der zweiten Etage, zusammen mit drei anderen Künstlern, als mir war, als würde jemand um Hilfe rufen. Ich habe sofort die Kopfhörer abgesetzt, damit ich sicher sein konnte, dass der Ruf nicht von der Aufnahme stammt.«

»Welche Aufnahme?«

»Die vom Stimmengewirr, das im Kaufhaus herrschte, als es noch in Betrieb war … sie gehört zu unserer Performance …«

Brossard runzelte die Stirn.

»Mir wurde klar, dass die Rufe echt sind und aus der Etage unter mir kamen. Meine Bekannten hier und ich liefen sofort nach unten, wo wir diesen Herrn fanden, der neben der Leiche stand.« Er deutete auf Pierre.

»Und Sie sind?«

»Pierre Bousquet, ich habe die anderen gerufen. Ich war zunächst im Erdgeschoss, und als ich in die erste Etage kam, entdeckte ich dort Madame Brenner, die auf dem Boden lag. Ich bin gleich zu ihr geeilt, um ihr zu helfen. Dabei habe ich die anderen gerufen.«

»Sie haben auf der ersten Etage keine andere Person gesehen?«

»Nein. Ich habe nicht so genau darauf geachtet, aber ich glaube, Madame Brenner war allein.«

»Und dann?«

Der Arzt fühlte sich angesprochen und preschte vor. »Dann habe ich an ihrem Hals nach dem Puls getastet. Und ich habe festgestellt, dass ihr Herz nicht mehr schlug. Der Speichel um ihre Lippen herum und die Steifheit der unteren Gliedmaßen waren für mich ein Alarmsignal. Es sind die typischen Anzeichen einer Vergiftung.«

Brossard beugte sich über die liegende Frau.

»Gut. Wir werden sehen, was das Labor dazu sagt.«

Quentin, dem kein Wort des Gesprächs entgangen war, inspizierte ein paar Meter entfernt diskret den Inhalt einer Handtasche, der verstreut auf dem staubigen Fußboden lag: eine kleine Wasserflasche aus Plastik, ein Päckchen Papiertaschentücher, ein Röhrchen mit Gel-Kapseln.

»Sie kennen demnach alle das Opfer?«, fragte Brossard in die Runde.

Pierre schüttelte leicht den Kopf. »Wir kennen sie nicht sehr gut.«

»Wir treffen uns immer nur bei Ausstellungen oder bei Happenings oder wenn eine Performance stattfindet«, ergänzte Rosa.

»Wie die von heute Nacht«, hakte der Lieutenant nach.

»Ja, und heute wussten wir nicht, wer alles daran teilnehmen würde«, erläuterte Pierre.

»So ein Quatsch!«, ereiferte sich Brossard. »Jemand muss diesen Firlefanz doch organisiert haben! Wer hat Ihnen den Zutritt zum Gebäude verschafft?«

»Dieser Firlefanz ist eine Kunstaktion, und wir kennen nur den Namen des Organisators«, entgegnete Rosa pikiert, während sie aus dem Augenwinkel ihren Sohn beobachtete, der mit gesenktem Kopf unauffällig umherstreifte.

»Wie heißt er?«

»Silence.«

Was Lieutenant Brossard am meisten verabscheute, war, seine Zeit mit Spinnern zu vergeuden. In solchen Fällen riss sein Geduldsfaden besonders schnell. Rosa spürte, dass sie sich besser ein wenig kooperativer zeigen sollte.

»Das ist der Codename des Organisators, der uns kontaktiert hat, um uns zu dieser Performance einzuladen.« Sie ließ sich mit schmerzverzerrtem Gesicht auf einen aufgeschlitzten Sessel sinken und massierte sich den verstauchten Knöchel. »Die Informationen über den Zugang zu den Örtlichkeiten bekamen wir durch eine Mail, die an eine Adresse ging, auf die allein unsere Künstlergruppe Zugriff hatte.«

Auf einmal flackerten alle Neonleuchten gleichzeitig, und das ehemalige Kaufhaus bekam ein völlig neues Gesicht. In grelles Licht getaucht, erschien die eben noch fast skurrile Szene plötzlich schockierend real und bedrückend. Rosa kniff die Augen zusammen, stockte einen Moment und setzte dann ihre Erklärungen fort.

»Die Kopien der Schlüssel, mit denen wir in die Kirche, in den unterirdischen Gang und ins Warenhaus gelangten, wurden uns per Post zugeschickt. Diese Geheimhaltung beim Procedere, die Auslöschung unserer Identität und unserer Persönlichkeit zugunsten des Raums ist die zentrale Intention dieser Performance.«

Brossard warf ihr einen langen Blick zu.

»Und das gibt Ihnen das Recht, sich nachts illegal Zugang zu einem stillgelegten, für die Öffentlichkeit gesperrten Ort zu verschaffen und in eine Kirche einzubrechen? Wir werden der Performance jetzt mal einen anderen Verlauf geben. Als Erstes werden Sie meinen Mitarbeitern Ihre Identität offenbaren, und dann werden Sie Ihre Handtaschen, Rucksäcke und die Taschen an Ihrer Kleidung ausleeren.«

# 3

Quentin zählte vier Löffel Kaffee ab und füllte sie in seine Cafetière. Der Wasserkessel hatte länger als sonst gepfiffen, bevor er ihn anhob und das Kaffeepulver mit heißem Wasser übergoss. Krachend stellte er den Kessel auf den Gasherd zurück. Er war zu schlecht gelaunt, um leise zu hantieren. Den ganzen langen Weg bis zum Samaritaine hatte er auf sich genommen, nur um von Brossard weggeschickt zu werden wie ein Dreikäsehoch, dem man zuruft, er solle woanders spielen! Er war deshalb lange vor Rosa nach Hause gekommen, hatte aber keinen Schlaf gefunden.

Schon unter normalen Umständen waren ihm längere Besuche seiner Mutter lästig, in diesem Fall aber hätte er viel darum gegeben, sie wohlversorgt in ihrer Wohnung auf Ibiza oder in Reykjavík zu wissen, oder wo immer sie ihre schrägen Aktionen inszenierte. Gab es wirklich noch mehr Menschen, die eine derartige Nervensäge zur Mutter hatten?, fragte er sich just in dem Moment, als sie im Türrahmen erschien. Sie sah grauenvoll aus. Er füllte eine zweite Tasse mit Kaffee und schob sie ihr über die Esstheke zu, die die offene Küche vom Wohnbereich trennte. Dass es seiner Mutter wirklich schlecht ging, merkte er daran, dass sie das dunkle Gebräu in einem Zug austrank, ohne auch nur mit einer Silbe die schädlichen Auswirkungen von Koffein auf Magen oder Geist zu kommentieren. Er füllte ihre Tasse gleich noch einmal. Während sie schweigend nippten, betrachtete er sie verstohlen und stellte fest, dass ihr verbundener Knöchel geschwollen war und sie offensichtlich Schmerzen hatte. Er hatte überhaupt keine Lust zu reden und schwieg, doch nach ein paar Minuten besann er sich auf seine Umgangsformen.

»Geht's?«, fragte er, obwohl er die Antwort kannte.

»Ich hatte schon bessere Tage.«

Er nickte. Wohl wahr.

»Wann hat Brossard dich gehen lassen?«

»Halb vier.«

Er hatte sie vor lauter Müdigkeit nicht kommen hören.

»Du solltest zu einem Arzt gehen«, sagte er und ließ sich in einen der braunen Ledersessel fallen, wo er weiter an seinem Kaffee nippte. Achselzuckend hinkte seine Mutter zum Sofa, das dem Sessel gegenüberstand. Sie stellte ihre Tasse auf dem Couchtisch ab, neben einem halbvollen Aschenbecher, den sie mechanisch zur Seite schob. Quentin rührte nachdenklich in seiner Tasse. Ein Sonnenstrahl, der von seinem Löffel reflektiert wurde, ließ helle Lichtreflexe über die Wand tanzen. Auf den tristen Abend war ein schöner, goldener Herbstmorgen gefolgt, aber weder Quentin noch seine Mutter achteten darauf. Ihre Gedanken kreisten ausschließlich um das Drama, das sich im Samaritaine abgespielt hatte.

»Hat Brossard etwas gefunden?«, fragte Quentin nach einer Weile.

»Das weiß ich nicht. Er hat sich die Namen und Adressen aller Teilnehmer notiert und uns dann einzeln befragt. Er hat gesagt, wir dürften Paris nicht verlassen, ohne ihm Bescheid zu geben.«

»Und du kennst keinen von denen, abgesehen von deinem Freund Pierre und Solveig Brenner?«

»Nein. Duhesme, der Arzt, hat eine Praxis im Marais, wo er auch wohnt, glaube ich. Er ist Amateur-Performer, kein Künstler wie wir anderen. Es gab bisher keinen Anlass für private Treffen. Er behauptet, dass er Solveig gestern zum ersten Mal gesehen hat.

Der arme Kerl ist alles andere als eine Schönheit, du hast ihn ja gesehen.«

Quentin nickte.

»Die Halbjapanerin, die sich während des Happenings ebenfalls im Gebäude befand, heißt Yumiko Katana. Sie ist Videokünstlerin, ziemlich bekannt in Japan. Ich habe schon von ihr gehört. Sie wohnt in einer leerstehenden Fabrik in Montrouge.«

»Und der junge Typ?«

»Ein gewisser Victor Rochard. Nie gesehen. Solveigs Tod scheint ihn sehr getroffen zu haben.«

»Und die anderen?«

»Über die weiß ich nichts. Weniger als der *Flic* jedenfalls. Mehr kann ich dazu nicht sagen. Es war ziemlich schrecklich. Brossard hat sich widerlich benommen. Er hat uns alle wie Kleinkinder behandelt, und wie Verdächtige obendrein.«

»Was ihr ja auch seid. Und außerdem komplette Deppen, nicht mal imstande, der armen Frau zu helfen.«

Das war ihm ungewollt herausgerutscht.

»Wir haben sie doch gar nicht schreien hören!«, verteidigte sich Rosa. »Wir hatten alle Kopfhörer auf!«

Quentin tippte sich gegen die Stirn.

»Sage ich doch. Kein Funken Verantwortung im Leib. Und meine Mutter mit ihren dreiundsechzig ...«

»Sechzig.«

»Nein, Maman. Nein! Es reicht. Lügen sind hier jetzt fehl am Platz. Und deine alberne Eitelkeit auch.«

Er stellte seine Tasse ab und verzog sich ins Badezimmer. Eine warme Dusche würde ihn vielleicht beruhigen. Seine Mutter protestierte nicht. Sie blieb sitzen und starrte an die Wand.

# 4

Als Quentin mit noch feuchten Haaren aus dem Bad kam, ein Handtuch um die Hüfte geschlungen, stand er auf einmal einem Wildfremden gegenüber. Seine Laune, die sich durch die ausgiebige Dusche ein wenig gebessert hatte, sank schlagartig erneut in den Keller. Er starrte den Fremden unfreundlich, fast schon feindselig an. Der Mann, der die fünfzig deutlich überschritten hatte, war im Stil wohlsituierter Engländer gekleidet. Die halblangen Haare waren von feinen, silbernen Strähnen durchzogen, und er bewegte sich in seinem maßgeschneiderten Anzug ebenso lässig und nonchalant wie andere in ihren Sportklamotten. Seinem breiten Lächeln nach hätte er der Wohnungseigentümer sein können, der zum ersten Mal einen neuen Freund in seinem Heim begrüßte.

»Quentin, nehme ich an«, sagte er mit einem leichten amerikanischen Akzent und streckte seinem halbnackten Gegenüber überschwänglich die Hand entgegen. Rosa, die ihren Sohn gut genug kannte, um einen neuen Zornausbruch zu fürchten, griff hastig ein.

»Stell dir vor, mein Schatz, wegen dieser verrückten Geschichte habe ich völlig vergessen, dir Thomas' Besuch anzukündigen.«

Bei Rosa musste man auf der Hut sein. Besser gesagt, man musste auf alles gefasst sein. Äußerste Wachsamkeit war geboten, immer und überall. In ihrer Gegenwart durfte man kein Detail der täglichen Abläufe für selbstverständlich halten. Daher rührte auch Quentins sehnlicher Wunsch, sie so schnell wie möglich wieder loszuwerden. Noch besser – sie kam gleich gar nicht.

»Das ist Thomas Wayne«, stellte Rosa den Amerikaner vor, als sei ihr die Situation nicht im Mindesten peinlich. Quentins Lippen verzogen sich zu einem dünnen Lächeln, und er ergriff flüchtig die Hand des Eindringlings.

»Thomas kennt dich gut«, fuhr Rosa fort. »Ich habe ihm natürlich viel von dir erzählt. Er liebt Musik. Thomas ist ein New Yorker Galerist von internationalem Ruf.«

Quentin reagierte nicht. Er schwankte immer noch zwischen Resignation und Empörung.

»Wir kennen uns seit mehreren Jahren, Thomas ist ein großer Bewunderer meiner Arbeit, aber wir sind uns erst im letzten Jahr bei meiner Ausstellung ›Collection Zero‹ in New York nähergekommen.«

Quentin hörte nicht zu. Mit einer erklärenden Handbewegung wies er auf seine mangelhafte Bekleidung und steuerte eilig die Tür zum Schlafzimmer an. Rosa hob die Stimme, damit er sie auch im Nebenraum hören konnte, und fuhr mit ihren Erläuterungen fort.

»Weißt du, die mit den Bic-Feuerzeugen. Übrigens habe ich bei der Vernissage zu dieser Ausstellung auch Solveig kennengelernt. Mein Gott, wie entsetzlich …! Thomas ist für ein paar Tage in Paris. Ich habe ihm angeboten, hier zu wohnen, es ist ja genug Platz, und du solltest ja auch eigentlich noch nicht von deiner Tournee zurück sein, aber das macht nichts … Ich habe ihm erzählt, was gestern Abend passiert ist. Er kennt Solveig und ist am Boden zerstört, hab ich nicht recht, Thomas?«

Quentin hatte sich ein rotes Hemd und eine schwarze Hose übergestreift und kehrte mit der Miene eines Mannes, den nichts mehr überraschen kann, ins Wohnzimmer zurück. Thomas Wayne hatte auf einmal all seine Jovialität eingebüßt. Von seiner leicht snobistisch angehauchten Weltläufigkeit war nichts mehr zu merken, er schien aufrichtig zu trauern.

»Ich kannte Solveig gut«, sagte er. »Sie hat sogar bei mir gewohnt.«

»Was heißt das?«, fragte Quentin überrascht.

»Sie hat in einem Hausboot gewohnt, das mir gehört.«

»Und Sie haben die Schlüssel dazu?«

Thomas Wayne nickte stumm. Rosa und Quentin wechselten einen Blick. Wie auf Kommando gingen sie zur Garderobe und griffen zu ihren Mänteln. Quentin dachte im letzten Augenblick noch daran, sich von Thomas die Schlüssel geben zu lassen.

Kurz vor elf stiegen Quentin und Rosa aus der DS 21, die sie in der Nähe von Chez Gégène geparkt hatten, dem berühmten Ausflugslokal am Ufer der Marne. Um diese Zeit war der Quai de Polangis menschenleer. Die Türen des Bowling-Centers an der Ecke Avenue Marceau waren geschlossen, und das Gebäude umgab die tagsüber für Nachtlokale typische Tristesse. Eine frühherbstliche Melancholie lag lähmend über der Szenerie. Selbst der Radrennfahrer, der sie vor der Terrasse des Restaurants überholte, schien lustlos in die Pedale zu treten. Fast hätte er auf der Uferstraße, die an der Marne entlangführte, eine Tigerkatze überfahren. Das erboste Tier fauchte dem Mann wütend hinterher, der sich ebenfalls laut schimpfend entfernte.

Quentin und Rosa gingen schweigend auf den Liegeplatz des Hausboots zu, den Thomas ihnen beschrieben hatte. Der Amerikaner hatte sie wegen eines wichtigen Termins mit einem saudiarabischen Sammler nicht begleiten können. Quentin, der sah, dass seiner Mutter beim Laufen der verstauchte Knöchel wehtat, bot ihr den Arm, aber Rosa lehnte mit einer unwirschen Handbewegung ab. Nun liefen sie im Schneckentempo nebeneinander her, und der nervöse Quentin hatte alle Mühe, seine Ungeduld zu zügeln. Er war nicht unglücklich darüber, dass der Galerist sie nicht begleitete. Er hätte sich bei den ersten Schritten einer Ermittlung, die ihm quasi in den Schoß gefallen war, nur ungern mit einem Unbekannten belastet. Eine leise, kritische Stimme in seinem Inneren flüsterte ihm zu, dass er nicht gerade viel unternommen hatte, um die Verwicklung in diesen neuen Fall zu vermeiden. Und tatsächlich hatte er zu seiner eigenen großen Verwunderung bei der letzten Ermittlung festgestellt, dass es ihm gefiel, wenn der Zufall ihm eine so ungewohnte Herausforderung in die Hände spielte.

Auch als er in der vergangenen Nacht an den Tatort gekommen war, hatte ihn ein merkwürdiges Gefühl beschlichen; es ähnelte dem, das ihn bei seinen Konzerten überkam, wenn er auf der Bühne stand und vor einem vollen Saal ein Gitarrensolo spielen musste. Ein angenehmes Kribbeln im Bauch. Nun fragte er sich allerdings, ob das Bedürfnis, einen Kriminellen zu jagen, nicht vielmehr ein morbider, moralisch verwerflicher Impuls war. Handelte er wirklich aus uneigennützigen Motiven? Wollte er sich nützlich machen? Oder gehorchte er einfach einem atavistischen Instinkt, suchte er die Erregung des Jägers, der seine Beute verfolgt?

Er hatte keine Zeit, seinen Gedanken nachzuhängen, denn das von Wayne beschriebene Hausboot lag gut sichtbar vor ihnen am Flussufer, und davor stand eine dunkel gekleidete Gestalt mit Jogginghose, Kapuzenjacke und Rucksack, die sich am Absperrgitter des Liegeplatzes zu schaffen machte. Instinktiv stieß Quentin einen empörten Schrei aus. Die dunkle Gestalt fuhr herum und spurtete auf dem asphaltierten Weg davon, als ginge es um Leben oder Tod. Quentin zögerte keine Sekunde und machte sich an die Verfolgung. Aber der Mann war schnell.

Keuchend verfluchte Quentin im Geist jede einzelne Zigarette, die er in den vergangenen zwanzig Jahren geraucht hatte. Er holte das Letzte aus sich heraus. Doch auch seine wilde Entschlossenheit konnte nicht verhindern, dass der Vorsprung des Flüchtigen größer wurde.

Er hörte, wie seine Mutter ihm aus der Ferne etwas zuschrie, aber er achtete nicht darauf. Seine ganze Willenskraft war auf das

Funktionieren der Muskeln gerichtet. Er musste sich den Unbekannten schnappen! Diese Chance durfte er sich nicht entgehen lassen. Der Geist musste über den Körper triumphieren. Der Schmerz war nur eine Pforte, durch die man sich zwängen musste, um in das weite Land der Freiheit zu gelangen. Sein Gegenspieler schien solche inneren Beschwörungsformeln nicht zu brauchen, er beherrschte seinen gut trainierten Körper perfekt. Mit weit ausholenden Schritten lief er seinem Verfolger davon.

Vor einer kleinen Anhöhe, um die der Weg herumführte, verlor Quentin ihn aus den Augen. Als er das Gelände wieder besser überblicken konnte, war von dem Mann im Jogginganzug nichts mehr zu sehen. Schwer atmend blieb Quentin stehen. Verärgert sah er sich um und entdeckte in der dichten Vegetation am Wegrand ein Loch. Er zwängte sich hindurch. Hinter den Büschen und Sträuchern lag ein großer Parkplatz. Quentin sah gerade noch, wie ein Motorrad auf den Ausgang zuraste. Auf die Entfernung konnte er das Kennzeichen nicht lesen, aber dem Aussehen und Geräusch nach musste es sich bei der Maschine um eine leistungsstarke Ducati handeln.

»Scheiße«, entfuhr es ihm, und er versetzte dem Stumpf eines kürzlich gefällten Baumes einen wütenden Fußtritt.

Auf dem Rückweg zum Hausboot kam ihm auf halber Strecke die hinkende Rosa entgegen, zornesrot und völlig außer sich.

»Bist du denn von allen guten Geistern verlassen?«, schimpfte sie erregt. »Der Kerl war womöglich bewaffnet! Er hätte dich erledigen können!«

»Er hat mich erledigt«, ächzte Quentin atemlos. Sein Herz wummerte immer noch wie ein zu prall aufgepumpter Basketball in seiner Brust.

# 5

Die »Gracieuse« war ein schnittiges, rotgrün gestrichenes Hausboot der Marke Luxe Motor, annähernd dreißig Meter lang. Die Brücke, die sich im vorderen Teil befand, war als Terrasse angelegt und von dicht bepflanzten Blumenkübeln eingerahmt. Eine Parabolantenne auf dem Dach zeugte davon, dass hier jemand auf eine moderne Ausstattung Wert legte.

»Wir wissen nicht, ob der Mann ins Boot hineinwollte oder schon drinnen war«, sagte Rosa, als sie Thomas' Schlüssel, ins Schloss steckte. »Auf jeden Fall deutet nichts auf einen Einbruch hin. Entweder hatte er einen Schlüssel, oder wir haben ihn genau in dem Moment gestört, als er das Gitter mit Gewalt aufbrechen wollte.«

Sie durchquerten die Kajüte und kamen am hinteren Ende zu einer Wendeltreppe, die in den Kielraum führte. Quentin, der nicht ausschloss, dass sie auch auf dem Boot mit einer bösen Überraschung zu rechnen hatten, schob sich vor Rosa und ging als Erster hinunter. Auf der letzten Stufe, von der aus er den Raum bereits überblicken konnte, blieb er einen Moment lang stehen und spannte alle Sinne an. Regte sich dort unten etwas? Doch der Raum schien leer zu sein. Er gab Rosa ein Zeichen, dass sie ihm folgen konnte.

Die Wände des großen Raums waren mit zahlreichen gerahmten Schwarzweiß-Fotografien geschmückt. Quentin betrachtete sie neugierig. Auf den meisten von ihnen waren nackte Körper abgebildet, ausgefallen in Szene gesetzt. Die Körper der Frauen waren verschnürt, von Wunden gezeichnet oder wurden von muskulösen Männern dominiert, die Kapuzen oder Masken trugen. Auf einem von ihnen war ein erigierter Penis zu sehen, der wie eine Waffe wirkte. Quentin, der durchaus nicht prüde war, wandte den Blick ab. Er fragte sich, wer sich wohl solche Kunstwerke kaufte. Dass seine Mutter hinter ihm stand, trug nicht gerade zu seinem Wohlbefinden bei. Glücklicherweise sagte sie kein Wort.

Quentin streifte sich ein Paar Einmalhandschuhe über, die er vorsorglich mitgebracht hatte, und gab Rosa ein zweites Paar. Er beschloss, zunächst die Gegenstände auf dem langen Tisch in Augenschein zu nehmen, der den Raum in zwei Hälften teilte – Zeichnungen, Kontaktabzüge und Dias, ein Leuchttisch und eine Lupe. Die Fotografin hatte demnach gelegentlich mit Analogkameras gearbeitet.

An der Steuerbordseite, wo ein Teil der Bullaugen durch ein großes Schiebefenster ersetzt worden war, standen auf einem weiteren Tisch zwei große Computerbildschirme, neben denen sich die Post der Bewohnerin stapelte. Quentin konnte seine Neugier nicht zähmen und nahm die obersten Briefe zur Hand. Die Bankauszüge der letzten drei Monate zeigten, dass Solveig nicht gerade in Geld schwamm, aber ihr Auskommen hatte. Es gab keine einzige verdächtige Kontobewegung. Eine Gynäkologin hatte ihr zwei Rezepte ausgestellt, eines für einen Toxoplasmose-Test und eines für Vitamine. Die Ermordete hatte offenbar schwanger werden wollen. Ebenfalls auf dem Tisch lagen ein Flugticket nach London und mehrere Bescheide über eine Kostenerstattung der staatlichen Krankenversicherung. Ein Tablettenröhrchen glich dem, das Quentin in Solveigs Handtasche gefunden hatte.

»Hier, sieh mal«, unterbrach Rosa seine Erkundungen. Sie schwenkte einen Ausstellungskatalog. »Die Fotos von meiner Ausstellung ›Collection Zero‹. Komm, sieh sie dir an! Dann weißt du wenigstens nächstes Mal, wovon ich rede!«

Quentin blätterte zerstreut in dem Katalog. Er enthielt ausschließlich Fotos von kleinen Bic-Feuerzeugen, die wie kostbare Objekte an allen möglichen exotischen Orten arrangiert waren.

»Interessant«, nuschelte er nicht sehr überzeugt. »Aber wir haben wenig Zeit, bevor Brossard und seine Leute hier sind.«

»Ich sehe schon, meine Arbeit löst mal wieder Begeisterung aus«, sagte Rosa spitz und schlug den Katalog zu.

Quentin ging nicht darauf ein. »Hat die Polizei in Solveigs Handtasche ihr Handy gefunden?«

»Das weiß ich nicht. Vielleicht hatte sie keins. Viele verantwortungsbewusste Menschen verzichten seit langem auf ein Handy, es versklavt uns ja auch eher, als dass es uns hilft«, sagte Rosa, während sie, immer noch pikiert, in ein Regal griff, das für Veröffentlichungen zur bildenden Kunst reserviert schien, und wahllos eine Zeitschrift herauszog.

»Aber du hast nicht verzichtet«, stellte Quentin lakonisch fest.

Rosa musste lachen.

»Nein. ›Nobody is perfect‹, weißt du. Ehrlich gesagt, habe ich keine Lust, um jeden Preis originell zu sein.« Sie betrachtete noch einmal zerstreut die Hochglanzbilder der Zeitschrift vom Dezember 2002 und stellte das Heft zurück ins Regal.

Quentin zog die oberste Schreibtischschublade auf, sein Blick fiel auf ein Handy.

»Ich hab's!« Er drückte auf den Einschaltknopf. »Aber es zeigt an, dass die SIM-Karte fehlt.«

»Scheiße.«

»Du hast wirklich die Gabe, Situationen auf den Punkt zu bringen.« Er legte das Handy in die Schublade zurück.

Sie mussten etwas anderes finden, das ihnen mehr über Solveigs Kontakte verriet. Ein Adressbuch zum Beispiel, oder einen Terminkalender. Doch die Schublade offenbarte keine weiteren Geheimnisse.

»Wir müssen herausfinden, wer ihr Liebhaber war«, verkündete

Rosa. »Wenn eine Frau ein Kind bekommen will, hat sie einen ganz bestimmten Mann im Sinn. Es sei denn, die Zeit läuft ihr davon.«

»Und in diesem Fall gibt sie sich mit irgendeinem zufrieden?«, fragte Quentin, der dabei war, eine Schublade nach der anderen aufzuziehen.

»Das soll vorgekommen sein.«

»Für das Kind ist das eher nicht von Vorteil.«

»Ach, weißt du …«, wollte Rosa ansetzen, aber Quentin ließ sie nicht zu Wort kommen. Dies war weder der Ort noch die Zeit für Diskussionen über Mutterschaft und Altruismus.

»Wie auch immer, das spielt jetzt keine Rolle. Wir müssen alles gründlich durchsuchen.« Er deutete auf die Fotos an der Wand. »Von diesen Leuten kommt dir keiner bekannt vor?«

»Du stellst Fragen!«

Sie hatte recht. Es wäre schwierig gewesen, auf den verfremdeten Aktfotos jemanden zu erkennen. Zudem war die Frage doppeldeutig, das musste er zugeben. Er schaltete den Computer an und scheiterte sofort am fehlenden Passwort. Frustriert schaltete er ihn wieder aus. Rosa nahm sich noch einmal alles vor, was nach Post aussah, während Quentin den Inhalt der Papierkörbe durchstöberte. Doch auch nach einer halbstündigen minutiösen Suche hatten die beiden nichts Aussagekräftiges gefunden. Quentin hob ratlos die Schultern.

»Dann bleibt nur noch das Schlafzimmer.«

Solveigs Schlafzimmer war ein kleiner, gemütlicher Raum, der von einem großen Bett fast ganz ausgefüllt wurde. Wenn man darauf lag, den Kopf gegen das blütenweiß bezogene Kopfkissen gestützt, musste man durch das runde Bullauge direkt auf den Fluss blicken können. Das leichte Schaukeln des Hausboots wirkte sicher wunderbar gegen Schlaflosigkeit.

Nachdem sie den Kleiderschrank, auf dessen oberstem Regalbrett ausschließlich Hüte aller Formen und Farben lagen, gründlich durchsucht und alle Taschen und Beutel ausgeleert hatten, breiteten sie den Inhalt des Nachttischs auf dem Bett aus. Sie fanden ein paar belanglose Alltagsgegenstände und einen braunen Papierumschlag, in dem Solveig ein gutes Dutzend Postkarten aufbewahrte. Alle zeigten unterschiedliche Ansichten von Paris. Sie waren gestempelt, aber abgesehen von der Adresse des Hausboots, immer in derselben Handschrift geschrieben, stand nichts darauf. Eigenartig. Quentin machte mit seiner Handykamera Aufnahmen von allen Postkarten und legte den Umschlag anschließend ins Nachttischchen zurück. Dann verließen sie das Schlafzimmer.

In der Küche sahen sie sich nur kurz um. Die Arbeitsfläche war makellos sauber, das Geschirr gespült. Ein kurzer Blick in die Geschirrschränke brachte keine neuen Erkenntnisse. Der Kühlschrank war brechend voll.

Quentin machte auch von dem großen Raum, den sie zuerst betreten hatten, noch ein paar Fotos, dann blickte er sich ein letztes Mal um.

»Ziehen wir Leine, bevor Brossard und sein Trupp hier auftauchen.«

Auf dem Quai blieb Quentin auf einmal abrupt stehen. Er drehte sich um, ging zum Boot zurück und zwängte seine Finger in den Schlitz des Briefkastens. Zufrieden lächelnd setzte er sich neben Rosa, die ihn auf einer Bank erwartete und sich stöhnend den Knöchel massierte. Er gab ihr die neueste Ansichtskarte, die am 23. Oktober abgestempelt worden war, einen Tag vor dem Tod von Solveig Brenner. Sie zeigte die Turmuhr der Saint-Germain-l'Auxerrois, deren Zeiger auf fünf Uhr zwanzig standen.

# 6

Die Sonne hatte sich fast verschämt hinter den Wolken hervorgeschoben und beschien den Uferweg. Gleich war die Luft deutlich milder. Quentin und Rosa setzten sich an einen Tisch auf der überdachten Terrasse des Chez Gégène, von wo aus sie den Eingang des Hausboots im Blick behalten konnten.

»War Solveig Brenner eine bekannte Künstlerin?«, fragte Quentin, nachdem er die Speisekarte studiert hatte.

»Mit ihren Arbeiten über sexuelle Gewalt hat sie viel von sich reden gemacht. Angesehene Galerien in New York, Berlin, London und Paris haben sich um sie gerissen. Manche hielten sie für eine Provokateurin, andere sahen in ihr eine große Kämpferin für die Sache der Frau. In ihrer Sparte und Altersgruppe war sie, soviel ich weiß, eine der bekanntesten Künstlerinnen überhaupt. Ihr Werdegang erinnert mich ein bisschen an meinen eigenen. Auch ich musste mich fortwährend durchsetzen, wurde bewundert und gehasst. Wenn Frauen sich auf irgendeinem Gebiet auszeichnen, ist das immer so. Deprimierend finde ich nur, dass sich so wenig zu ändern scheint. Und das nach all den Jahren des Kampfes …«

Brenners Persönlichkeit wurde für Quentin allmählich greifbarer. Sie war eine Frau mit einem sehr kritischen Blick auf die Welt, die beschlossen hatte, auf Gewalt und Unterdrückung mit höchst ungewöhnlichen Mitteln zu reagieren.

Ein Kellner trat an ihren Tisch.

»Zweimal Miesmuscheln mit Pommes frites«, bestellte Rosa. »Und eine Flasche Sancerre.«

Quentin sah sie erstaunt an. Seine Mutter war doch immer wieder für eine Überraschung gut! Bei ihrem letzten Besuch hatte sie dem Alkohol ein für alle Mal abgeschworen und täglich zwei Liter einer grässlich bitteren Teemischung geschlürft, die es in Europa nicht zu kaufen gab.

»Was meinst du, was dieser Kerl wollte, den du verfolgt hast?«

»Keine Ahnung. Irgendetwas Kompromittierendes aus dem Hausboot holen?«

Zehn Minuten später waren sie bereits so in ihre Spekulationen vertieft, dass sie das Klingeln von Quentins Handy zunächst überhörten. Quentin sah die Nummer auf dem Display, lächelte, nuschelte eine Entschuldigung und nahm ab. Er lauschte ein paar Sekunden, zog seinen Terminkalender aus der Jackentasche, blätterte, schrieb etwas hinein und legte auf. Er ignorierte Rosas fragenden Blick, behielt das Handy in der Hand und sah sich die Fotos von den Ansichtskarten an, die sie in Brenners Schlafzimmer gefunden hatten.

»Sieh dir das an. Auf jeder ist ein gut erkennbarer Ort und eine präzise Uhrzeit abgebildet.«

»Eine Strategie für Verabredungen?« Rosa streckte ihr versehrtes Bein aus und legte es unauffällig auf den Stuhl gegenüber.

»Bestimmt. Eine raffinierte und romantische Methode, heimliche Treffen zu verabreden. Der Absender wollte keine Spuren hinterlassen. Bestimmt ein verheirateter Mann.«

Rosa griff nach dem Handy ihres Sohnes und sah sich noch einmal die neuesten Fotos an: Place Colette – 18.15 Uhr; Anlegestelle für Bootstouren auf der Seine – 11.45 Uhr; Musée d'Orsay – 16.30 Uhr; Place du Châtelet – 12 Uhr, Musée de la vie romantique – 19.40 Uhr.

»Das sind alles Orte im Zentrum von Paris. Deine Hypothese gefällt mir.«

»Ja, sie könnte stimmen, aber warum so viel Vorsicht? Es gibt einfachere Methoden, einen Seitensprung zu kaschieren.«

»Versuchen wir uns doch mal als Codeknacker.«

Quentin nahm die Karte, die die Kirchenuhr der Saint-Germain-l'Auxerrois zeigte, und hielt sie hoch.

»Wir haben hier eine Turmuhr, die fünf Uhr zwanzig anzeigt. Der Stempel verrät uns, dass die Karte am Samstag abgeschickt wurde. Am Sonntag wird die Post nicht ausgetragen, und sie braucht mindestens einen Tag, bis sie im Briefkasten landet.«

Rosa nickte. »Damit wären wir bei Montag, also heute.«

»Genau. Sie wurde heute Vormittag in Solveig Brenners Briefkasten eingeworfen. Da Solveig gestern ermordet wurde, lag sie gegen Mittag immer noch drin. Wenn es sich, wie ich glaube, um die Einladung zu einem neuen Rendezvous handelt, könnte es sein, dass sich der Absender der Karte heute am frühen Abend, und zwar genau um 17 Uhr 20, in der Saint-Germain-l'Auxerrois einfinden wird.«

»Völlig richtig!«, stimmte Rosa zu. In diesem Moment erschien der Kellner mit ihren Muscheln.

Sie aßen schweigend, jeder in seine Gedanken vertieft. Nach dem letzten Bissen tauchte Rosa ihre Fingerkuppen in das Wasserschälchen, trocknete sie an ihrer Serviette ab und steuerte die Toilette an. Quentin ließ seinen Blick über die Tanzfläche schweifen, die das Chez Gégène berühmt gemacht hatte. An jedem Sonnabend und Sonntag veranstaltete das Lokal nachmittags Tanztees. Zu diesen Anlässen strömten nicht mehr ganz junge Männer und Frauen, die sich ordentlich in Schale geworfen hatten – ein elegantes Äußeres war im Chez Gégène unerlässlich – aus der Umgebung herbei. Die meisten waren Stammgäste, die sich jede Woche hier trafen, Dauerwellen, Garderobe und Schuhwerk der anderen Gäste kommentierten und mit klopfendem Herzen den Verehrer oder die Verehrerin der Vorwoche erwarteten. Die Paare tanzten zu den Rhythmen des *bal musette,* der gefälligen Melodien früherer Zeiten; es waren nicht die Klänge aus der Jugendzeit der Tänzerinnen und Tänzer – so alt waren sie nun auch wieder nicht –, aber sie gaben ihnen dennoch das Gefühl, wieder jung zu sein. Manche waren geübt im Gesellschaftstanz und beherrschten kunstvolle Figuren, andere bewegten sich eher ungelenk, aber immer mit Leidenschaft. Es wäre keinem in den Sinn gekommen, sich über die Darbietungen oder die Aufmachung der Tänzer zu mokieren, auch wenn sie häufig eher extravagant als kleidsam war. Wandmalereien erzählten vom *bal musette* des 19. Jahrhunderts und den Picknicks am Marne-Ufer, zu denen man vom Chez Gégène aus aufgebrochen war. Wenn sich die Paare im Walzertakt wiegten, mussten sie sicher immer wieder an all die anderen denken, die vor ihnen hier das Tanzbein geschwungen hatten und nun nicht mehr lebten. Dieser fast schon mythische Ort, der eine Mischung aus Melancholie und Lebensfreude ausstrahlte, spiegelte Quentins innere Verfassung wider. Traurigkeit und Lebensfreude hatten sich in seinem Inneren gepaart und wollten partout nicht weichen. Die Blase, in der er bei jeder neuen Ermittlung für eine Weile existierte und in der ihm alles einerseits phantastisch, andererseits viel zu real vorkam, ähnelte diesem Tanzsaal, in dem sich die ältere Generation im Sonntagsstaat einfand, durchaus frohgemut, und doch fast schon mit einem Fuß im Jenseits.

Sein Blick fiel auf den Kellner, der hinter der Theke an der Kaffeemaschine hantierte. Er stand auf und ging zu ihm hinüber. »Sie wissen doch sicher, wer auf den Hausbooten wohnt?«

»Ein paar von denen kenne ich, ja«, erwiderte der Mann, der nun routiniert den Deckel eines Kaffee-Perkolators zudrehte. »Sie kommen manchmal zum Essen her.«

»Und der Besitzer der ›Gracieuse‹?«

Mit lautem Pfeifen entwich Dampf aus der Maschine.

»Der Amerikaner? Der war hier. Aber nicht sehr oft. Warum? Sind Sie von der Polizei?« Die Frage wurde ohne große Neugier gestellt, sie klang, als habe der Mann schon so gut wie alles erlebt und gesehen und als sei ihm im Grunde alles herzlich egal. Er verdiente hier seine Brötchen, Schluss, aus. Er hätte auch irgendwo anders arbeiten können und würde es in ein paar Monaten wohl auch. Kellner waren Nomaden. Ob in einer kleinen Klitsche am Strand, einem Tanzschuppen oder einem Bistro an der Skipiste, welchen Unterschied machte das schon? Hauptsache, ein gutes Gehalt und von Zeit zu Zeit eine Frau.

»So ungefähr«, antwortete Quentin.

»Er ist gerade im Lande. Ich habe ihn in den letzten Wochen zwei, drei Mal gesehen.«

Der Mann zog die vollen Tassen unter der Kaffeemaschine hervor und stellte sie auf die bereitstehenden Untertassen.

»In den letzten Wochen?«

Sein Gegenüber nickte gelangweilt.

»Ich weiß ja nicht, was Sie treiben, es kommt mir nicht ganz koscher vor, aber ich habe nichts zu verbergen. Ich habe ihn am Freitagabend gesehen, wie fast jede Woche.«

»Allein?«

Der Kellner stieß hörbar die Luft aus. Quentin sah ihm an, dass er das Ende der Fragerei herbeisehnte. Und das Ende seiner Schicht vermutlich ebenfalls.

»Manchmal kommt er allein, aber die meiste Zeit in Begleitung«, nuschelte er lustlos.

»In Begleitung dieser Frau?« Quentin tastete nach seinem Handy, auf dem er ein Foto von Solveig gespeichert hatte, bis ihm einfiel, dass er es auf dem Tisch liegen gelassen hatte.

»Scheiße«, fluchte er zwischen zusammengebissenen Zähnen.

»Mit der Frau, die auf dem Hausboot wohnt«, fuhr der Kellner etwas bereitwilliger fort. Er warf Kaffeelöffelchen und Zuckerwürfel auf die Untertassen und trug den Kaffee an einen der Tische, ohne Quentin eines weiteren Blickes zu würdigen.

»Auf dem Hausboot wohnte«, korrigierte dieser, doch der Kellner konnte ihn nicht mehr hören.

Quentin kehrte an seinen Tisch zurück und wartete auf Rosa. Durch das große Fenster sah er, wie ein metallic-grauer Renault und ein kleiner Lieferwagen über den Fußweg heranrollten und am Straßenrand stehen blieben. Aus dem Renault stieg Brossard, der sich aufmerksam umblickte und postwendend Quentin erspähte, der ihm durch die Glasscheibe hindurch zuwinkte. Der Polizist stürmte ins Restaurant, eilte auf Quentins Tisch zu und baute sich vor ihm auf.

»Wenn Sie Katz und Maus spielen wollen, warne ich Sie lieber gleich. Ich bin nicht in Stimmung.« Seine Miene verfinsterte sich noch mehr. »Es sollte mich nicht wundern, wenn Sie mithilfe Ihres Yankee-Freunds das Hausboot vor mir durchsucht haben, aber ich hoffe doch, Sie haben nichts durcheinandergebracht.«

»Das würde ich mir nie erlauben.«

»Sie erlauben sich alles Mögliche.«

»Entspannen Sie sich, Lieutenant. Setzen Sie sich zu uns. Möchten Sie einen Kaffee?«

Brossard atmete tief durch und setzte sich. Er hatte seit dem Morgen nur ein fades Sandwich zwischen die Zähne bekommen, und die beiden Kaffeeautomaten im Revier am Quai des Orfèvres hatten beschlossen, gleichzeitig den Geist aufzugeben. Er drehte sich zu seinem Kollegen um, der vor dem Restaurant wartete, und forderte ihn durch eine Handbewegung auf, schon vorauszugehen. Die Mitarbeiter der Spurensicherung holten ihre Metallköfferchen aus dem Lieferwagen und trugen sie zum Hausboot. Quentin hob die Hand und bestellte noch einmal drei Kaffee. Der Lieutenant knöpfte seinen Mantel auf und lehnte sich tief seufzend zurück. Es dauerte eine Weile, bis er den Kopf hob und Quentin mit seinen blauen Augen fixierte.

»Gut. Versuchen wir, Zeit zu sparen. Sagen Sie mir, was ich da drinnen finden werde, Belbasse, abgesehen von Ihren Fingerabdrücken?«

»Ein Handy ohne SIM-Karte, einen Computer, aus dem ich

nichts herausgekriegt habe, weil ich das Passwort nicht kenne – Ihre Kollegen von der Kriminaltechnik werden es mühelos knacken –, und ein Fotostudio mit verstörenden Fotografien. Keine Fingerabdrücke von mir, weil ich Handschuhe getragen habe.«

Brossard nickte.

»Fotos von Personen, die Sie beide kennen?« Er blickte erst Quentin, dann Rosa an, die inzwischen auf ihren Platz zurückgekehrt war. Rosa antwortete nicht. Quentin hob bedauernd die Schultern.

»Was noch?«

»Ein Rezept für Vitamine und eines für einen Toxoplasmose-Test, wie ihn Frauen machen, die schwanger werden wollen.«

»Schwanger war sie schon.«

Quentin starrte ihn an.

»In der wievielten Woche?«, fragte er rasch zurück, als befürchte er, das Mitteilungsbedürfnis des Lieutenant könne jeden Moment versiegen.

»In der fünften, laut vorläufigem Autopsiebericht.« Brossard leerte seine Tasse und warf einen Blick auf seine Armbanduhr. Er stand auf. »Gut. Ist das alles?«

Nun meldete sich zum ersten Mal Rosa zu Wort. »Da war ein Mann am Hausboot, als wir kamen. Er ist weggerannt, als er uns gesehen hat.«

Der Lieutenant setzte sich wieder.

»Ich habe ihn verfolgt, aber er ist mir entwischt«, gab Quentin kleinlaut zu.

»Habe ich Ihnen nicht eingeschärft, dass Sie so etwas den Profis überlassen sollen? Können Sie ihn beschreiben?«

»Mindestens eins achtzig, athletische Figur. Er ist mit einem Motorrad weggefahren, einer Ducati, dummerweise konnte ich das Kennzeichen so schnell nicht lesen. Es tut mir leid.«

Ausnahmsweise stimmte das wirklich.

»Ihr Freund, dieser Performer-Arzt, hatte übrigens recht. Brenner ist an einer Vergiftung gestorben. Man hat eine tödliche Menge Digitalis in ihrem Magen gefunden, wahrscheinlich wurde sie in eine der Kapseln injiziert, die sie regelmäßig wegen ihrer Herzprobleme nehmen musste.«

»Eine einzige Kapsel?«

»Das sagt der Gerichtsmediziner. Danke für den Kaffee.«

# 7

Rosa hatte sich in Quentins Schlafzimmer zurückgezogen, um sich auszuruhen. Ihr Knöchel war immer noch geschwollen. Thomas war von seinem Termin noch nicht zurückgekommen. Und Quentin nutzte den Moment der Ruhe, um eine Weile Gitarre zu spielen. Bei dem Anruf, den er im Chez Gégène erhalten hatte, waren ihm Probentermine für eine Tournee mit einer jungen Sängerin genannt worden, die gerade ihre zweite CD aufgenommen hatte. Ihm blieb weniger Zeit als gedacht, bevor er wieder auf Reisen gehen musste. Er setzte sich auf sein Ledersofa, griff nach seiner Lieblings-Akustikgitarre und spielte einen schwermütigen Blues. Die melodischen Phrasen aus Memphis, Tennessee, waren, so kam es ihm vor, mit dem Wind über den Ozean geweht, bis sie schließlich in seiner Pariser Wohnung am Square d'Anvers eine neue Heimat gefunden hatten. Ab und zu zog er an seiner Zigarette, die er wie gewöhnlich am Gitarrenhals zwischen die Saiten klemmte. Wenn die Wirklichkeit in einem Lied beschrieben wird, dachte Quentin, mag diese Geschichte schmerzlich sein, aber sie ist immer noch die Geschichte eines anderen Menschen. Sie weckt unser Mitgefühl durch die Kraft der Assoziation, aber sie wirft uns nicht um. Sie bringt uns nicht um. Wenn eine Frau stirbt, reiht sie sich in die lange Liste der bereits Verstorbenen ein. Solveig war der falschen Person begegnet. In der fünften Woche schwanger, war sie in einem großen, leerstehenden Warenhaus ins Dunkel gestürzt. Und niemand in ihrer Umgebung hatte ihren

Todeskampf gehört. Der Mörder hatte eine heimtückische Waffe gewählt, die in ihren Körper eingedrungen war und ihre Lebensfunktionen außer Kraft gesetzt hatte. Ihr röchelnder, sich windender Körper hatte sich selbst entkommen wollen, hilflos um sich geschlagen, nach Luft gerungen und gestöhnt. Dann Stille. Was für eine abscheuliche Tat. Quentin fehlten die Worte für so etwas. Ihm blieben lediglich die Klänge, die wimmernden hohen Noten, die sich unter seinen Fingern klagend dehnten.

Plötzlich hielt er es nicht mehr aus, er brauchte frische Luft. Er stellte die Gitarre auf ihren Ständer, drückte die Zigarette aus und riss ein Fenster auf. Auf die Brüstung seines kleinen Balkons gestützt, sog er gierig die kühle Luft ein, in der Hoffnung, damit die andrängenden Dämonen zu vertreiben. Er blickte auf den langgezogenen Platz hinunter, auf dem an diesem Nachmittag eine leichte Brise das letzte gelbe Herbstlaub von den Bäumen blies. Zwei Gärtner waren damit beschäftigt, die Blätter zusammenzukehren, während Mütter und Kinderfrauen neben ihren Kinderwagen auf Bänken saßen und Säuglinge schaukelten.

Ihn überlief ein Schauer. Er trat einen Schritt zurück, schloss das Fenster, setzte sich wieder aufs Sofa und zwang sich, nachzudenken. Ein Schritt nach dem anderen. Ein Gedanke nach dem anderen. Langsam und systematisch ein Gerüst bauen. Was wusste er über die Ereignisse, die seine Mutter veranlasst hatten, ihn letzte Nacht anzurufen?

Das Gift hatte sich vermutlich in einer Kapsel befunden, die so aussah wie jene, die Solveig Brenner wegen ihrer Herzprobleme täglich zu einer festen Uhrzeit einnehmen musste. Wenn eine einzige Kapsel das ganze Gift enthielt, konnte es nur ein Zufall sein, dass sie ausgerechnet während der Performance im Samaritaine gestorben war. Wenn der Mörder die Giftkapsel in das Röhrchen mit den harmlosen Präparaten geschmuggelt hatte, hätte Solveig die todbringende Kapsel an jedem beliebigen Tag einnehmen können. Er musste in Erfahrung bringen, wie lange ihr ein Röhrchen gereicht hatte. Zwei Wochen? Drei? Die zweite wichtige Frage lautete, wie viele Kapseln sich noch im Röhrchen befanden. Das wusste vorläufig nur Brossard. Diese Informationen würden dazu beitragen, den Zeitraum einzugrenzen, in dem sie ihren Mörder getroffen haben konnte. Gift, heißt es, wird meistens von Menschen weiblichen Geschlechts als Mordwaffe eingesetzt. Konnte also tatsächlich eine Frau die Mörderin sein? Ja, warum nicht? Doch der Unbekannte, den Quentin auf dem Uferweg verfolgt hatte, war eindeutig ein Mann gewesen. Handelte es sich tatsächlich um ein und dieselbe Person?

Vor dem geheimnisumwobenen Rendezvous in der Kirche musste er sich zuerst über das Gift informieren. Quentin schaltete seinen PC an. Er tippte »tödliches Gift« in die Suchmaschine und erhielt Dutzende Treffer. Die diversen Rezepte für Zaubertränke und magische Elixiere für alles und jedes, die irgendwelche Hobbyalchemisten ins Netz gestellt hatten, ignorierte er dabei und beschränkte sich auf Seiten, auf denen das Thema unter rein medizinischen Gesichtspunkten behandelt wurde. Schnell begriff er, dass unzählige Möglichkeiten existierten, einen unliebsamen Artgenossen mithilfe schädlicher Substanzen ins Jenseits zu befördern. Sie reichten von hochdosierten Pflanzenextrakten bis zu Pilzen und Giften von Tieren. Die Wirkung der Gifte war in den meisten Fällen außerordentlich schmerzhaft und hatte einen grauenhaften Todeskampf zur Folge. Man musste schon verdammt abgebrüht sein, um sich von diesem Thema nicht aufwühlen zu lassen. Bei jedem neuen Detail sah Quentin das verzerrte Gesicht von Solveig Brenner vor sich. Schließlich fand er auch Einträge zu dem Wirkstoff Digitalis. Die Zeit, bis das Gift seine Wirkung entfaltete, betrug, je nach verabreichter Menge, zwischen zwanzig Minuten und mehreren Tagen.

Da kam ihm plötzlich eine Idee, und er beschloss, seine Mutter zu wecken.

# 8

Das Wartezimmer in der Arztpraxis unterschied sich von anderen seiner Art durch seine originelle Einrichtung. Die bunten Möbel gaben ihm eine sehr moderne Note. Die Wände waren in vier Farbtönen aus der gleichen Farbskala gestrichen, und in der Mitte jeder Wand prangten drei brillante Detailaufnahmen von zeitgenössischen Fotokünstlern. Tief in seinem Sessel versunken, blätterte ein kahlköpfiger Patient, dessen Pullover sich über seinem Bierbauch spannte, in einer Kunstzeitschrift. Sein regelmäßiges Schniefen ließ keinen Zweifel an dem Grund seines Kommens. Ihm gegenüber saß eine Frau, die ihr vorgerücktes Alter unter einer dicken Schicht Make-up zu versteckten suchte. Sie blickte hin und wieder von dem Stapel Papiere auf, an dem sie offenbar Korrekturen vornahm, und funkelte den Dicken ungehalten an. Der Mann, für den Frauen über fünfunddreißig – vielleicht mit Ausnahme seiner Mutter – nicht zu existieren schienen, bekam nichts davon mit.

Quentin beobachtete die stumme Szene so gelassen, als säße er im Theater, Rosa dagegen hatte Mühe, ihre Ungeduld zu bändigen. Sie sah zum x-ten Mal auf die Uhr: 15.25. Jetzt warteten sie bereits seit einer halben Stunde. Sie stand auf, griff sich ein Kunstmagazin und versuchte, Interesse für einen Artikel über die Berliner Avantgarde aufzubringen, was ihr normalerweise nicht schwergefallen wäre. Doch heute war sie zu nervös zum Lesen. Sie warf das Magazin auf den Stapel zurück.

»Am Telefon hat er gesagt, dass er uns sofort drannimmt. Soll das etwa ›sofort‹ sein?«

Quentin achtete nicht auf Rosas Lamento, denn in diesem Moment ging die Tür auf und Dr. Duhesme forderte sie mit einer Kopfbewegung auf, ihm zu folgen. Im Sprechzimmer wandte er sich um, gab den beiden nacheinander die Hand und schloss die Tür hinter ihnen.

Der Raum war nüchterner gehalten als das Wartezimmer. Abgesehen von einem sehr edlen Schreibtisch aus Rauchglas standen darin nur die üblichen Praxismöbel und eine Patientenliege.

Rosa setzte sich. »Monsieur Duhesme, Sie kennen meinen Sohn, Quentin. Er ist gestern Abend zu unserer Gruppe gestoßen.«

»Simon.«

Rosa sah den Arzt verständnislos an.

»Sie können mich Simon nennen. Ich werde Sie Rosa nennen. Das ist einfacher.«

Rosa war es nicht gewohnt, dass man ihr derartige Entscheidungen einfach so aus der Hand nahm, aber sie ließ sich ihr Befremden nicht anmerken.

»Wie ich Ihnen am Telefon schon gesagt habe …«

»Zeigen Sie mir zuerst Ihren Fuß, Rosa. Sie sind krankenversichert?«

»Ja, nein, das heißt, ich wohne auf Ibiza.«

Rosa zog mit äußerster Vorsicht ihren Fuß aus dem ungeschnürten Freizeitschuh, dem einzigen Schuh, in den sie ihn hatte zwängen können. Sie zog eine Grimasse, streifte die Socke ab und rollte die neonblauen Leggings, die die geschwollene Stelle verdeckten, ein Stück nach oben. Duhesme setzte sich ihr gegenüber auf einen Stuhl und legte ihren Fuß auf einen niedrigen Hocker.

»Tut es weh, wenn ich ihn drehe?« Er hob den Fuß behutsam mit beiden Händen hoch und drehte ihn leicht hin und her. Rosa jaulte auf.

»Sie können sich glücklich schätzen, dass es kein Bänderriss ist.«

Rosas Freude hielt sich in Grenzen.

»Es hätte schlimmer kommen können, aber Sie müssen den Fuß ein paar Tage schonen.« Duhesme legte den Fuß auf den Hocker und griff nach seinem Rezeptblock. Er schrieb etwas darauf und sprach währenddessen weiter.

»Die Polizei hat eine tödliche Menge Digitalis in Brenners Magen gefunden«, unterbrach ihn Quentin.

Rosa zog ungläubig die Brauen zusammen und wandte sich an den Arzt: »Aber Digitalis ist doch ein Medikament!«

»Viele Medikamente werden aus giftigen Substanzen gewonnen. In geringen Dosen kommt Digitalis bei Herz-Kreislauf-Erkrankungen zum Einsatz. Wie bei allen Giftstoffen ist es die Dosierung, die zählt.«

»Kann eine einzige Kapsel eine tödliche Dosis enthalten?«, wollte Quentin wissen.

»Ja.«

»Hat sie sehr gelitten?«, fragte Rosa.

Der Arzt sah sie ein paar Sekunden lang an. »Sie haben den Leichnam gesehen.«

»Wer könnte sich eine so große Menge an Digitalis beschaffen?«, überlegte Quentin laut.

»Ein Arzt natürlich«, erwiderte Duhesme ungerührt. Quentin horchte auf.

»Ein Apotheker?«, kam von Rosa.

»Fast jeder, um ehrlich zu sein. In Apotheken wird regelmäßig eingebrochen. Die meiste Zeit suchen die Täter Medikamente, die man als notdürftigen Ersatz für Rauschmittel einnehmen kann oder die high machen, wenn man sie zusammen einnimmt, Urbanyl, Temesta und Zolpidem zum Beispiel. Auch viele Medikamente gegen Epilepsie sind als Rauschmittelersatz begehrt. Man kann sich alles Mögliche beschaffen, wenn man nur genug hinblättert. Wer sich nicht lumpen lässt, kann praktisch alles irgendwo bestellen.«

Quentins Gedanken schweiften ab. Immer wenn es um die verheerende Wirkung von Drogen ging, musste er an seinen Vater denken, der an einer Überdosis gestorben war.

Ein Teil seines Unbehagens hatte aber auch mit Duhesme zu tun, den er noch nicht recht durchschaute. »Was wollten Sie denn im Samaritaine?«

»Ich liebe Happenings. Ich habe schon an vielen teilgenommen, hauptsächlich innerhalb Europas. Aus diesem Grund hat Silence mich kontaktiert. Er wusste, dass er mit meiner Teilnahme rechnen konnte.«

Quentin runzelte die Stirn. Er verstand immer noch nicht recht, was Leute dazu trieb, im Dunkeln mit Kopfhörern auf den Ohren durch ein stillgelegtes Kaufhaus zu irren. Seine prinzipielle Skepsis erstreckte sich durchaus nicht auf alle Arten moderner Kunst. Auch wenn er seine kritische Haltung absichtlich übertrieb – als Gegenposition zu dem überbordenden Enthusiasmus seiner Mutter –, bewunderte er manche Künstler sehr, vor allem Boltanski, und kannte sich mit Kunstströmungen viel besser aus, als er zugab. Doch dass man speziell in diesem Milieu auch viel Eitelkeit und jede Menge Scharlatane antraf, ließ er sich nicht ausreden.

»Ich interessiere mich vor allem für zweierlei«, erklärte Duhesme, als hätte er Quentins Gedanken gelesen, »den menschlichen Körper, der eine Maschine von außerordentlicher Komplexität ist, insbesondere wenn man das Zusammenspiel von Denken, Unbewusstem und Physis in Betracht zieht, und für die Wahrnehmung der Realität, unserer Umgebung und unserer Handlungen. Die Absurdität, aber auch die Notwendigkeit der Welt. Das Universelle, das Unumgängliche, das Zufällige und das, was von den Umständen abhängt. Die Spur, die der Mensch auf der Erde hinterlassen kann, so flüchtig sie auch sei.«

Rosa nickte wissend. Sie war ganz in ihrem Element. Doch gerade als sie den Mund aufmachte, um etwas beizutragen, wurde sie von Quentin rüde abgewürgt.

»Und Sie kannten Solveig?«

»Ein wenig, ja. Zweifellos eine talentierte Fotografin. Die Sorte Frau, die sich durchzusetzen weiß. Weil Talent nicht immer genügt, wenn man sich einen Namen machen will. Sie wissen das besser als ich …« Die letzte Bemerkung war an Rosa gerichtet.

Die setzte noch eins drauf. »Vor allem für eine Frau! Auch heutzutage.«

»Das kann ich mir vorstellen. Auch wenn es schwer zu verstehen ist.«

Quentin wollte das Gespräch nicht entgleiten lassen und schaltete sich ein. »Welches andere mögliche Motiv sehen Sie?«

»Sie war nicht immer unkompliziert, aber sie umbringen, nein, das nun wirklich nicht.«

»Nicht immer unkompliziert?«

»Sehr selbstbewusst, vielleicht ein bisschen unnahbar.«

»Also unsympathisch«, folgerte Quentin.

»Nein!«, protestierte Rosa. »Überhaupt nicht. Sie war charmant, charismatisch, geradezu faszinierend.«

»Eine komplexe Persönlichkeit, schwer zu durchschauen, und stets verführerisch«, setzte der Arzt hinzu.

»Demnach gefiel sie den Männern«, sagte Quentin und blickte dabei Duhesme scharf an.

»Denen, die diese Sorte Frau mögen.«

»Zu denen Sie nicht gehören?«

»Nein.« Ein kaum wahrnehmbares Zögern, ein fast unmerkliches Blinzeln weckte Quentins Argwohn.

»Sie leben allein, Dr. Duhesme?«

»Derzeit nicht. Wenn Sie mich jetzt entschuldigen wollen, ich habe Patienten, die auf mich warten.«

Quentin erhob sich. »Vielen Dank, dass Sie sich Zeit für uns genommen haben.«

»Danke für die Konsultation«, fügte Rosa hinzu und steckte das Rezept ein.

»Nicht vergessen – zwei, drei Tage schonen, mindestens.« Der Arzt begleitete Mutter und Sohn zur Tür und verabschiedete beide mit Handschlag. Quentin glaubte in seiner Miene so etwas wie eine Kampfansage zu entdecken. Aber vielleicht entwickelte er auch allmählich Wahnvorstellungen.

# 9

Auf dem Boulevard de Magenta mussten sie sich einen Weg durch eine Schar Mütter und Kinderfrauen bahnen, die vor einer Schule den Gehweg versperrten. Die Kinder, endlich befreit nach dem langen Schultag, waren außer Rand und Band. Sie rannten schreiend in alle Richtungen, während die Mütter sich ungerührt unterhielten. Hunde zerrten an ihren Leinen, Schultaschen standen vergessen herum, Lehrerinnen gestikulierten und versuchten, sich Gehör zu verschaffen. Als Quentin sah, wie die Mütter ihren Kindern kleine Leckereien zusteckten, versuchte er sich an die wenigen Male zu erinnern, als Rosa ihn an der Schulpforte abgeholt hatte. Es gelang ihm nicht.

»Dass Solveig auf viele so anziehend wirkte, muss doch auch Eifersucht ausgelöst haben, meinst du nicht?«, fragte er sie stattdessen. Rosa hatte Mühe, das Geschrei der Kinder zu übertönen.

»Na ja, sie wurde nicht von allen geliebt, aber gilt das nicht für jeden? Glaubst du, dass alle deine Artgenossen für dich schwärmen?«

Quentin winkte missmutig ab, so langsam ging ihm seine Mutter auf die Nerven.

»Du solltest dich ausruhen. Ich gehe allein zur Kirche. Ich berichte dir später, wie es gelaufen ist.«

»Und wie willst du die Person erkennen, auf die du wartest?«

»Ich kann mir nicht vorstellen, dass so viele Leute da sein werden.«

»Wenn nur wenige da sind, wird es noch schwieriger. Die Person wird gar nicht erst suchen müssen, sondern sofort wissen, dass Solveig nicht gekommen ist, und unbemerkt verschwinden. Und sollten es zwei sein, die sich gleichzeitig entfernen, weißt du nicht, wem du folgen sollst.«

Quentin fand seine Mutter noch lästiger, wenn sie recht hatte.

»Und was schlägst du vor? Du kannst niemanden verfolgen. Hast du mal gesehen, wie du läufst?«

»Ich werde den Köder geben.«

»Du wirst was?«

»Warte mal kurz.« Rosa humpelte auf einen kleinen Laden zu, der billigen Modeschmuck verkaufte, und verschwand darin. Seufzend stellte Quentin seinen Kragen hoch und vergrub die Hände in den Jackentaschen. Mit der Abenddämmerung hatte sich ein kalter, feuchter Nebel über die Stadt gelegt, der einem das dringende Bedürfnis einflößte, sich zu Hause zu verkriechen. Die Passanten beschleunigten ihre Schritte, und die Autofahrer, die im Stau steckten, hupten noch lauter. Das Licht, das sich aus den Geschäften auf die Bürgersteige ergoss, wirkte genauso ermattet wie die Ladeninhaber, die den Tag bereits abgeschrieben hatten. Was jetzt nicht verkauft war, blieb in den Regalen. Der Laden allerdings, aus dem Rosa trat, hatte doch noch Umsatz gemacht. Auf Rosas Kopf thronte ein bordeauxfarbener, breitkrempiger Filzhut, der ihr kurzes Haar und einen Großteil ihres Gesichts verdeckte. Ein Schal der gleichen Farbe vervollständigte die Verkleidung. Aus der Ferne konnte man tatsächlich nicht erkennen, wer die Frau war, die sich so extravagant vor der Kälte schützte.

»Solveig trug häufig Hüte. Wir haben doch stapelweise Hüte im Hausboot gefunden, erinnerst du dich? Ich setze mich in eine Kirchenbank, und du stehst Wache«, erklärte Rosa triumphierend.

# 10

Ein Dutzend Unentwegte waren zum Gebet erschienen und trotzten der eisigen Kälte im Kirchenschiff. Man musste schon sehr fromm sein, um sich an einem solchen Tag in die ungeheizte Kirche zu wagen. Quentin hatte genügend Zeit, über die Betenden nachzusinnen, während er so tat, als sei er in die Betrachtung der Madonna vertieft, was es ihm erlaubte, seine Mutter im Blick zu behalten, ohne verdächtig zu wirken.

»Heilige Maria, Muttergottes, bitte für uns Sünder …«

»Heilige Maria, bitte für Solveig Brenner«, murmelte eine Stimme in ihm. Die Reste einer rudimentären katholischen Erziehung, das Entsetzen angesichts eines zu frühen Todes oder möglicherweise angesichts des Todes überhaupt, und sicher auch der leicht narkotisierende Weihrauchgeruch hatten ihn zu diesem kurzen Gebet getrieben, dessen er sich nicht schämen musste, denn er war ja nur durch Zufall hier.

Eine Bewegung, die er aus dem Augenwinkel wahrnahm, riss ihn aus seiner Versunkenheit. Ein Mann in einem eleganten Kaschmirmantel ging den Mittelgang entlang. Quentin warf einen hastigen Blick auf seine Armbanduhr. Siebzehn Uhr vierzig. Zehn Minuten zu spät. Rosa gab keinen Mucks von sich. Ihr Kopf war leicht nach vorne geneigt, als sei sie andächtig ins Gebet vertieft; sie wirkte entspannt und konzentriert. Der Mann sah sich betont beiläufig um und setzte dann, offenbar beruhigt, seinen Weg etwas schneller fort. Er war bereits auf der Höhe der Kirchenbank hinter Rosa. Quentin, der sich in den Schatten einer Säule zurückgezogen hatte, hielt den Atem an. Er beugte sich ein wenig vor, um die Gesichtszüge des Mannes besser zu erkennen, als er hinter sich ein Geräusch hörte. Eine junge Frau mit langen, locker zurückgebundenen rotbraunen Haaren lief direkt auf den Mann zu, dessen Gesicht bei ihrem Anblick aufleuchtete. Er gab ihr ein unauffälliges Zeichen, und das Paar strebte dem Ausgang zu.

Rosa drehte den Kopf zur Seite und suchte Quentins Blick. Sie wirkte ebenso enttäuscht wie er. Gleich darauf nahm sie wieder ihre Pose ein. Quentin trat hinter seiner Säule hervor, damit er das Kircheninnere besser überblicken konnte. Mittlerweile spazierten um die zwanzig Personen durch die Gänge. Die meisten schienen Touristen zu sein, denn sie bewunderten die Architektur und die herrlichen Glasfenster – zumindest das, was an diesem tristen Spätnachmittag davon zu erkennen war – ausgiebig. Die frühe Abenddämmerung hatte die leuchtend bunten Glasfenster in nahezu opake und dadurch fast unheimliche Bildwerke verwandelt.

Einer Dame, die auf einem Betstuhl kniete, kam Quentins Verhalten unterdessen offensichtlich verdächtig vor, sie bedachte ihn mit argwöhnischen Blicken. Quentin zog den Jackenärmel hoch, bis er das Zifferblatt seiner Uhr sehen konnte. Fünf vor sechs. Im Chor öffnete sich eine kleine Tür, in der der Küster erschien, ein Messbuch in der Hand. Er schritt zum Altar und begann mit den Vorbereitungen für die Messe. Nach und nach füllte sich die Kirche, und Quentin reckte den Hals, um alle Anwesenden, ihre Gesichter und Bewegungen im Blick behalten zu können. Vergebens. Er verließ seinen Beobachtungsposten und setzte sich neben Rosa. »Gehen wir.«

Seine Mutter ließ sich nicht anmerken, ob sie seine geflüsterte Bemerkung gehört hatte, aber sie stand auf, bekreuzigte sich in aller Seelenruhe und hinkte, ohne Quentin zu beachten, langsam auf das Hauptportal zu. Ihr Sohn folgte ihr. Draußen trafen sie sich im Schein einer Straßenlaterne. Quentin zündete sich eine Zigarette an und musste sie dabei gegen den aufkommenden Wind abschirmen. Er sog den Rauch tief ein.

»Wir haben uns geirrt. So eine Scheiße.«

Offensichtlich hatte er einen Denkfehler gemacht, aber er wusste nicht welchen, und das machte ihn wahnsinnig. Was hatte er nicht berücksichtigt, was falsch gedeutet?

Zurück in der Wohnung, setzte er sich an seinen PC und studierte angestrengt die Vergrößerungen der Bilder, die er von den Ansichtskarten gemacht hatte. Unruhig klickte er von einer zur anderen und wieder zurück. Auf allen erkannte man deutlich einen Ort und eine präzise Uhrzeit. Sooft er sich auch in die Details vertiefte, er fand einfach nichts Neues, Aufschlussreiches. Oder ging es gar nicht um Verabredungen? Was konnten die Zeiten noch bedeuten? Welche andere Mitteilung verbarg sich in den Karten? Immer wieder sprang er auf und tigerte durch die Wohnung. Das einzig Gute war, dass Rosa und ihr Liebhaber aus der Wohnung verschwunden waren. Sie hatten beschlossen, sich ein Hotelzimmer zu nehmen. Endlich allein!

Seine Freude wurde allerdings deutlich durch laute Hammerschläge und das Scheppern von Metall geschmälert. Schon beim Aufstehen hatte er gesehen, dass das Baugerüst, das die Arbeiter am Haus aufstellten, bis zu seiner Etage hochgewachsen war. Da er erst seit kurzem wieder in der Stadt war, hatte ihn die Information über die bevorstehende Fassadenreinigung nicht erreicht. Auf dem Gerüst vor seinem Fenster waren zwei Muskelprotze zu sehen, die ihm die Komödie *Die diskreten Handwerker* vorspielten, indem sie demonstrativ den Blick abwandten, obwohl sie sehr wohl mitbekamen, dass Quentin sie gesehen hatte. Quentin wusste aus Erfahrung, dass mit dem Aufstellen eines Gerüsts die Scherereien erst anfingen. Bald würde eine Plastikplane vor seinen Fenstern hängen. Seine Wohnung wäre in ein permanentes Halbdunkel getaucht, und das Dröhnen des Hochdruckreinigers würde ihn acht Stunden am Tag in den Wahnsinn treiben. Er atmete tief durch und goss sich einen Kaffee ein. In diesem Augenblick schrillte die Türglocke.

Vor der Tür stand ein Mann, der einmal auffällig gut ausgesehen haben musste. Er hatte etwas von einem Tänzer; man sah ihm an, dass er seinerzeit jede Bewegung und jede Geste perfekt beherrscht hatte. Ihm war etwas in die Wiege gelegt worden, von dem jeder Mann träumte, ohne jedoch die nötige Anstrengung dafür aufbringen zu wollen. Er musste in vielen das Bedürfnis geweckt haben, ihn zu berühren, so wie man heimlich die Hand nach einer Statue ausstreckt, um über ihre perfekten Linien zu streichen. Inzwischen war er vierundsechzig und noch immer attraktiv. Er hatte nie den Eindruck vermittelt, als bedauere er den Verlust seiner jugendlichen Schönheit, ja, nicht einmal zu erkennen gegeben, dass er ihr Schwinden bemerkte, sondern es schlicht ignoriert. Er hatte immer den Anschein erweckt, als messe er seinem Äußeren keine besondere Bedeutung bei, und mit wahrer Leidenschaft immer nur über Architektur oder bildende Kunst gesprochen. In der Regel hatte er sich auf das konzentriert, was zu tun war, anstatt auf das, was bereits erreicht oder von der Natur gegeben war.

Quentin kannte ihn gut, denn er war seit vielen Jahren der beste Freund seiner Mutter. Wie viele Performances und künstlerische Werke aller Art hatten sie nicht schon zusammen konzipiert! Von ihrer kurzen Liebesbeziehung war ihnen eine unkomplizierte, aber intensive Nähe geblieben, bei der sexuelle Anziehung keine Rolle mehr spielte, ja, gerade dadurch war eine umso innigere Freundschaft möglich geworden.

»Du willst die Kranke besuchen, nehme ich an, aber sie ist nicht mehr hier«, begrüßte ihn Quentin. »Sie wohnt jetzt mit ihrem neuen Lover in einem Hotel. Möchtest du einen Kaffee?«

»Gern. Oje, die Fassadenreinigung. Du wirst dich irgendwann auch noch im Hotel einquartieren«, sagte Pierre und folgte Quentin ins Wohnzimmer.

Quentin brannte eine Frage auf der Zunge. »Kanntest du Solveig Brenner?« Er stellte sich an die Esstheke und griff zur Cafetière. Pierre hievte sich auf einen der Barhocker und nickte.

»Wie die meisten von uns, nehme ich an.«

»Hat sie sich Feinde gemacht?«

»Sie hat sich in ihrer Kunst ziemlich obsessiv mit sexueller Gewalt beschäftigt. Ihre Arbeiten sind aggressiv und sehr verstörend. Es steckt so manches darin, mit dem man sich Feinde machen kann. Aber gleichzeitig hatte sie sehr viel Charme.«

»Gab es einen bestimmten Grund für das Thema Gewalt?«

»Ein Trauma. Sie ist als Jugendliche vergewaltigt worden.«

Quentin erstarrte mitten in der Bewegung.

»Was? Woher weißt du das?«

»Sie hat es in ein, zwei Interviews erwähnt.«

»Und dieses Erlebnis hat sie so geprägt, dass es zum Mittelpunkt ihres Lebens und ihrer Kunst wurde?«

»Anscheinend.«

Pierres Pokerface hätte man für ein Zeichen innerer Distanz halten können, aber in Wahrheit hatte er sich seine Impulskontrolle in den langen Trainingsstunden in Sporthallen und Tanzschulen angeeignet. Seine verbale Zurückhaltung war eine Geste der Höflichkeit. Die respektvolle Distanz, die er unter allen Umständen wahrte, hinderte ihn nicht daran, Rosa Kontrapunkt, die viel extrovertierter war als er, eine große Zuneigung entgegenzubringen. Er bewunderte sie ebenso sehr wie sie ihn.

»Duhesme hat angedeutet, dass sie nicht sehr sympathisch war«, sagte Quentin und stellte eine Kaffeetasse vor Pierre. Dieser lächelte fein.

»Vielleicht hat sie ihn einfach abblitzen lassen. Man kann eines mit Sicherheit sagen: Sie liebte starke Empfindungen. Durch die

Gewalt, die sie erlitten hat, ist sie nicht zur Karikatur eines Opfers geworden.«

Quentin hörte interessiert zu. Die Persönlichkeit der Fotografin war vielschichtig und schwer zu fassen.

»Hast du ihr misstraut?«

Eine Serie von Hammerschlägen ließ die Hauswand erzittern. Pierre wartete, bis es wieder ruhig war.

»Sie konnte schon manipulativ sein.«

Überrascht hob Quentin den Kopf.

»Aber meiner Mutter traust du?«

Pierre brach in fröhliches Gelächter aus.

»Deine Mutter kenne ich gut. Klar, sie ist auch ziemlich dominant, aber gleichzeitig sehr offen. Zu offen. Man weiß immer, was sie denkt.«

»Leider!«

Wieder lachte Pierre sein herzliches, ansteckendes Lachen. Eine Weile tranken die beiden Männer schweigend ihren Kaffee. Nur die regelmäßigen Hammerschläge störten die angenehm meditative Stimmung.

»Und wie geht es ihr inzwischen?«, wollte Pierre wissen.

»Wie du weißt, hasst sie es, in ihrer Bewegungsfreiheit eingeschränkt zu sein.«

Pierre nickte zustimmend.

»Ein Vorgeschmack dessen, was uns alle erwartet, muss man leider sagen. Danke für den Kaffee, Quentin. In welchem Hotel finde ich die Patientin?«

»Im Hôtel de la Butte.«

Pierre rückte seine Brille zurecht, griff nach Mantel und Schal und war bereits an der Tür, als Quentin noch etwas einfiel.

»Weißt du, wer Solveig Brenners Liebhaber war?«

»Nein.«

»Kannst du mir noch irgendetwas über diese Frau sagen? Sie ist so ungreifbar.«

»Sie ist Österreicherin. Ihre Eltern leben nicht mehr. Sie besaßen in Linz ein Hotel. Sie hat sich anscheinend nicht gut mit ihnen verstanden. Mit zwanzig ist sie aus Österreich weggegangen und hat sich in Paris an der Kunsthochschule eingeschrieben. Ihr Bruder hat das Hotel übernommen.«

»Woher weißt du das alles?«

Pierre lächelte.

»Vor ungefähr zwei Jahren habe ich sie zufällig bei einer Soirée getroffen, die ein Bekannter von Boltanski in Clamart organisiert hat. Da streiften Scharen von Besuchern durch die Räume, die Stimmung war aufgeladen und düster. Solveig hatte getrunken. Und sich in den Kopf gesetzt, mir ihr Leben zu erzählen.«

»Du hast ihr gefallen?«

»So weit würde ich nicht gehen. Sie war allein, sie hatte Lust auf Gesellschaft. Ich war da. Ich glaube, sie mochte mich, weil ich nichts von ihr wollte. Ich wollte weder mit ihr schlafen noch durch sie Leute kennenlernen. Nichts dergleichen.«

Quentin nickte.

»Ihr Bruder ist also der einzige noch lebende Verwandte.«

»Anscheinend. Ich nehme an, dass die Polizei ihn schon benachrichtigt hat. Er dürfte auf dem Weg sein.«

»Ich habe den Eindruck, dass du sie ganz sympathisch fandest, aber ihr Tod scheint dich nicht sehr zu bekümmern.«

»Wenn ein junger Mensch stirbt, ist das immer traurig, aber …«, Pierre griff nach der zusammengerollten Zeitung, die er vor sich auf die Theke gelegt hatte, und schlug mit ihr einmal hart gegen das Holz. Seine Stimme wurde lauter. »Lies das hier! Jede Seite ist randvoll mit allzu frühen, ungerechten, tragischen Todesfällen.«

»Aber sie wurden nicht alle umgebracht«, wandte Quentin ein.

»Es gibt viele Arten, Menschen umzubringen.«

# 11

Quentins DS steckte in einem der hartnäckigen Staus fest, die sich in Paris mehrmals pro Tag spontan bildeten. Um ihn herum hupten und fluchten die entnervten Autofahrer. Sie hatten keine andere Wahl, als sich Tag für Tag dieser unsinnigen, aber unvermeidbaren Situation auszusetzen. Liebend gern wären sie woanders gewesen, notfalls sogar im Büro, nur bitte nicht eingesperrt in eine Metallkiste, in der man sich nicht rühren konnte. Quentin blieb gelassen. Er hatte sich ein für alle Mal entschieden, für die Strecke in die Banlieue den öffentlichen Nahverkehr zu meiden, also musste er da jetzt durch. Er bedankte sich mit einem höflichen Lächeln bei dem Mann auf der Nebenspur, der ihm durch Gesten seine Bewunderung für den alten Citroën kundtat, schaltete das Radio ein, suchte nach einem anderen Sender und fuhr ein paar Meter vor, bis er wieder bremsen musste, weil ein Bus die Kreuzung blockierte. Montrouge war noch weit.

Erst eine Stunde später erreichte er sein Ziel, ein Wohnviertel am Stadtrand. Nach mehreren Runden durch die menschenleeren Straßen fand er das altertümliche ehemalige Fabrikgebäude, in dem Yumiko Katana ihre Zelte aufgeschlagen hatte. Zwei große Fensterscheiben in der zweiten Etage hatten Sprünge und waren mit Kartons und breiten Klebebändern notdürftig abgedichtet. Auch um den kleinen Garten auf dem Fabrikgelände kümmerte sich allem Anschein nach keiner mehr. Unkraut wucherte bis an den Rand des gepflasterten Wegs, auf dem man den Eingang der Fabrik erreichte.

Der Raum, in den Katana ihn führte, stand in krassem Gegensatz zu seiner Umgebung. Hier war alles sauber und geordnet. Jedes noch so kleine Einrichtungsdetail wirkte bewusst gewählt. Als Quentin den augenfälligen Kontrast kommentierte, lachte die Künstlerin leise.

»Ich lebe gerne im Verborgenen. Auf diese Weise locke ich weder Einbrecher noch Voyeure an.«

Der Tee, den sie ihm brachte, erinnerte ihn an das ungenießbare Gebräu, das sich seine Mutter regelmäßig einverleibte. Aus der schweren schwarzen Teekanne, die zwischen ihnen auf einem kleinen lackierten Holztischchen stand, stieg ein widerlicher Geruch auf. Quentin drehte das henkellose Tässchen zwischen den Händen. Er würde den Teufel tun und das Zeug trinken.

»Sie sind Rosas Sohn?«

Katana, eine junge Frau franko-japanischer Abstammung, war eine extravagante Erscheinung. Ihr schwarzes Haar war zu einer sehr kurzen Pagenfrisur geschnitten, und vom Hals abwärts waren mehrere schwarze graphische Tattoos zu sehen, die zwar von ihrer langen Bluse verdeckt wurden, aber offensichtlich den ganzen Körper bedeckten.

»Das ist krass.«

Quentin begriff nicht, was daran krass sein sollte, aber er wollte nicht unhöflich erscheinen und lächelte unverbindlich.

»Die Ermittlung macht Fortschritte?«

»Langsam.«

»Solveig Brenner war eine Diebin, die sich einen Dreck um andere geschert hat, aber empört bin ich trotzdem. Auf diese Art sollte niemand sterben.«

Die Künstlerin widersprach allen Klischees von der Gelassenheit und Selbstbeherrschung asiatischer Frauen. Aus jeder ihrer Bewegungen sprach eine Nervosität und Ungeduld, die sie vergebens zu kontrollieren versuchte. Ihr Verhältnis zur Zeit war eindeutig eher ein westliches als ein östliches. Sie wollte schnell agieren, schnell verstehen und schnell zu etwas anderem übergehen.

»Manche Leute würden Ihnen sagen, dass ich Solveig nicht mochte, und sie haben recht.«

War es der Wunsch nach Effizienz, der sie dazu trieb, den Konflikt zwischen sich und dem Opfer gleich als Erstes anzusprechen?

»Obwohl, nein, so stimmt es nicht«, korrigierte sie sich rasch. »Sie war es, die mich nicht mochte. Sie hat mir Ideen gestohlen und es nie zugegeben.«

»Das kommt unter Künstlern nicht gerade selten vor«, gab Quentin zu bedenken.

»Ihre sogenannte Kühnheit und Originalität sind ein Bluff!« Brüsk zog die Künstlerin die Ärmel ihrer Bluse hoch.

Quentin fragte sich, was er ihr wohl glauben konnte.

»Haben Sie mit ihr darüber gesprochen?«, fragte er.

»Aber sicher. Mehrfach. Aber sie hat sich über mich lustig gemacht. Sie hat überall herumposaunt, ich hätte kein Talent, ich würde nur Ramsch produzieren. Sie hat alles schlechtgemacht, meine Tattoos, meine Überzeugungen, meine Kleidung. Das sei alles nur eine Show, um die Naiven zu beeindrucken, hat sie gesagt, eine alberne Nummer, mit der ich ein Talent vortäusche, das ich nicht habe.«

Sie war vor Empörung aufgestanden. Ihre Wangen waren gerötet. Quentin wusste immer noch nicht, warum sie ihm das alles so bereitwillig erzählte. Versteckte sich hinter ihrer Offenherzigkeit etwas anderes?

»Haben Sie das auch Lieutenant Brossard erzählt?«

»Er hat mich nicht danach gefragt.«

Ich auch nicht, dachte Quentin, aber das sprach er nicht laut aus. Auch er stand auf und ging ein paar Schritte durch die große Fabrikhalle, die inzwischen zu einem Loft geworden war. Fahles Licht strömte durch die hohen Fenster, die von schmiedeeisernen

Verzierungen eingefasst waren. Bei gutem Wetter musste der Raum sehr hell sein, doch an diesem grauen Nachmittag stahl sich schon die Melancholie einer allzu frühen Dämmerung hinein.

»Aber ich habe sie nicht getötet. Ich bin ein friedfertiges Wesen.«

Quentin betrachtete die schmale Gestalt, die immer noch neben dem Tisch stand. Ohne es zu wollen, musste er daran denken, dass Gift in der Regel als die Mordwaffe der Frauen gilt.

»Wussten Sie, dass sie schwanger war?«

»Was? Soll das ein Witz sein?«

# 12

Der Golf rollte munter dahin. Im Radio beteuerte Elton John, dass er noch aufrecht stehe und das auch weiterhin zu tun gedenke, yeah yeah yeah, was an und für sich eine gute Nachricht war, allerdings nicht für Quentin, denn die Musik brachte die Frau am Steuer des Golfs dazu, die Vorfahrt zu missachten und ungebremst in seine wunderbare grüne DS zu donnern. Elton John hielt auf der Stelle den Mund. Der Krach war ohrenbetäubend und der Aufprall so stark und unerwartet, dass Quentin vorübergehend die Kontrolle über sein Fahrzeug verlor, nur knapp einem Hund ausweichen konnte und nach einem letzten wilden Bocksprung seiner DS mitten auf der Kreuzung stehen blieb.

Rasend vor Zorn stieg er aus. Er hatte den Wagen gerade erst aus der Werkstatt geholt. Die Reparaturen hatten den Löwenanteil seiner Einkünfte der letzten Tournee gefressen. Sein geliebter Oldtimer war der einzige Luxus, den er sich leistete. Was er nun sah, übertraf seine schlimmsten Befürchtungen. Der linke vordere Kotflügel war völlig zerbeult und das Vorderrad stand in einem 90-Grad-Winkel zum Rest des Wagens. Eine Katastrophe!

Mit geballten Fäusten drehte er sich zu dem Golf um, der zwar leicht beschädigt war, aber nicht im Mindesten so gelitten hatte wie sein Glanzstück. Auch die Verursacherin des Unfalls stieg aus. Noch bevor er ihr seine Wut ins Gesicht schreien konnte, brach sie in Tränen aus. Es waren keine strategischen Tränen, wie sie manche Frauen als Verteidigungsmaßnahme einsetzen. Über ihr Gesicht rollten echte Tränen der Verzweiflung.

Anstatt seine Tirade über Sonntagsfahrer loszulassen, die für alle anderen eine ernsthafte Bedrohung darstellen würden, begnügte sich Quentin mit einem achselzuckenden »Also ehrlich ...«.

»Es tut mir so leid!«, stieß die hübsche Rothaarige zwischen zwei Schluchzern hervor.

»Wissen Sie, dass Sie gerade eines der schönsten Modelle der 70er-Jahre massakriert haben?«

Die junge Frau nickte heftig.

»Machen wir ein Unfallprotokoll«, schlug sie schniefend vor. »Es war meine Schuld.«

Sie fing an, wie wild im Handschuhfach ihres Golfs zu wühlen. Quentin begutachtete seine arme DS von allen Seiten. Er setzte sich hinter das Steuer und versuchte, den Motor anzulassen. Der aber gab lediglich ein gedehntes Ächzen von sich und erstarb gleich wieder. Die Unfallverursacherin stellte sich neben ihn.

»Es tut mir so schrecklich leid, ich habe kein Formular mehr. Ich dachte, ich hätte eins, aber ... Haben Sie vielleicht eins dabei ...«, stammelte sie verlegen.

»Nein, ich habe auch keins.«

»Machen Sie sich keine Sorgen. Wir tauschen Adressen aus und regeln alles.«

Alles regeln! Quentin musste unwillkürlich schmunzeln. Er steckte den Zettel ein, den die junge Frau ihm gab, klaubte den Kugelschreiber, der ihr aus der Hand gefallen war, von der Straße auf, und notierte seine Adresse und Telefonnummer. Nachdem er beteuert hatte, er werde sich so bald wie möglich bei ihr melden, setzte sie sich in ihr Auto und rollte ohne Probleme von der Kreuzung, während Quentin allein neben dem traurigen Wrack stehen blieb, das einmal sein ganzer Stolz gewesen war.

# 13

In der Trattoria La Mamma, im Erdgeschoss unter Quentins Wohnung, herrschte wie jeden Abend ein lebhaftes, fast festliches Treiben. Die Stammgäste saßen dort nicht in erster Linie, um ihre Pizza oder Pasta zu essen, sondern um sich von der Lebensfreude anstecken zu lassen, die der Besitzer des Lokals versprühte. Bei La Mamma wurde der Alltag auf einmal leicht; er bestand nur noch aus des Lebens bunter Fülle: mal feierte man das Weinlesefest am Montmartre, dann den neuen Beaujolais, dann die Geburt des Patenkindes, das Examen des Ältesten, das Eintreffen eines besonders schmackhaften Schinkens. Der Wirt war nicht übermäßig gebildet, aber er besaß ein unvergleichliches Talent für den Lebensgenuss. Die geistreichsten Spaßvögel und berühmtesten Stimmungskanonen waren, verglichen mit ihm, Waisenknaben. In seiner Gegenwart hatte man das Gefühl, dass alle anderen das Leben von der falschen Seite aufzäumten, indem sie bei jeder passenden und unpassenden Gelegenheit nörgelten und meckerten und flennten.

Auch Quentin gingen, wenn er dort aß, solche Gedanken durch den Kopf: Tonio hatte recht. Man musste die Triumphe und Schönheiten des Lebens auskosten und nicht ständig das Haar in der Suppe suchen. So schwer konnte das doch nicht sein. Und dennoch wachte er am nächsten Tag wieder genauso sorgenvoll auf wie der Großteil seiner Mitmenschen. Und an diesem Abend hockte er am Tisch wie ein Häufchen Elend.

»Es ist ärgerlich, das gebe ich ja zu, aber es ist nur ein Auto«, sagte seine Mutter zerstreut, den Kopf über die Speisekarte gebeugt. Der Misserfolg ihrer Abfangaktion in der Saint-Germain-l'Auxerrois beschäftigte sie viel mehr. Wenn sie ehrlich war, ödeten sie Autogeschichten gewaltig an.

»Es ist aber nicht *irgendein* Auto«, wandte Thomas ein. Quentin warf ihm einen dankbaren Blick zu.

Sie warteten, bis Tonio die Bestellungen aufgenommen hatte und sich pfeifend entfernte. Dann erkundigte sich Quentin: »Und dein Fuß?«

»Geht so, danke. Du hast mit Pierre geredet, wie er mir erzählt hat.«

Quentin nickte.

»Ich hatte sogar Zeit, Yumiko Katana ein paar Fragen zu stellen. Auf der Rückfahrt von ihr ist es …«

»Hattest du deinen Unfall.«

»Einen Unfall hatte ich ja eigentlich nicht, diese Frau ist mir …«

»Aber das Ergebnis ist dasselbe.«

Quentin biss die Zähne zusammen. Kurz darauf erschien Tonio mit Brot und einer Flasche Chianti und schenkte Thomas einen Schluck ein. Der Amerikaner probierte und nickte anerkennend, Tonio füllte drei Gläser. Quentin nahm einen Schluck von dem Wein, der rubinrot im Glas funkelte, und ließ die Gedanken schweifen. Rosa und Thomas unterhielten sich über einen Artikel in der *Art Press,* in dem die Londoner Ausstellung eines aufstrebenden Künstlers besprochen wurde. Tonio schäkerte am Nebentisch mit zwei jungen Frauen, die offenbar beschlossen hatten, sich einen Abend lang ohne ihre Ehemänner zu vergnügen und das nach Herzenslust taten. Quentins Blick folgte der Kellnerin, die sich an den vollbesetzten Tischen vorbeischlängelte. Dabei kam ihm eine von Pierres Installationen in den Sinn, die er mit Mitte zwanzig gesehen hatte. Eine von Lichtern in wechselnden Farben beleuchtete, ungenutzte Bahnhofshalle, an deren Wände

Fotografien projiziert wurden, dazu Tonaufnahmen von fernen und nahen, leise murmelnden und schrillen Stimmen, Begrüßungen, Verabschiedungen, Pfiffe, Knirschen … Ein ganzer Tag schien vorbeizuziehen, eine Folge von wirklichkeitsnahen, aber auch traumhaften, fast gespenstischen Momenten. Er erinnerte sich an ein Gefühl von Verzauberung, aber auch von Trauer, denn die Darstellung von komprimierter Zeit hatte ihm sehr brutal seine eigene Endlichkeit bewusst gemacht. Ein paar Tage später war der Bahnhof abgerissen worden, und diese Tatsache hatte ihn noch mehr bedrückt, denn die Abrissbirne hatte etwas zerschlagen, das ihn persönlich betraf. Mit seiner Performance hatte Pierre das Vergehen der Zeit beschleunigt, und der Provinzbahnhof war erst der Anfang gewesen. Von nun an konnte alles vernichtet werden, Paris, Berlin, New York … eine Zukunft voller Ruinen.

»Ich verstehe einfach nicht, wie wir uns so irren konnten«, sagte Rosa kopfschüttelnd.

Quentin hatte keine Lust, Thomas die Einzelheiten ihrer Ermittlungen zu offenbaren. Zum Glück brachte Tonio gerade ihre Spaghetti. Es duftete herrlich nach Tomaten und Knoblauch.

»Hier bitte sehr, drei Tagesessen für die Familie Belbasse, die große Portion zur Feier ihres Wiedersehens«, verkündete der Wirt mit seiner gewohnten, überschäumenden Munterkeit. Quentin, Rosa und Thomas brachen in Gelächter aus. Familie Belbasse, was für ein absurder Gedanke. Thomas hob sein Glas. »Darauf stoßen wir an!«

Nach dem Essen ging Rosa in die Küche, um »la Mamma« ihre Anerkennung auszusprechen, Tonios Mutter, die das Familienunternehmen mit ihren achtzig Jahren immer noch mit eiserner Hand führte. Quentin nutzte ihre Abwesenheit, um das Gespräch auf ein Thema zu lenken, das ihn besonders beschäftigte.

»Hast du das Hausboot schon lange an Solveig vermietet?«

»Drei Jahre. Aber sie war oft im Ausland.«

Quentin nickte.

»Rosa hat mir erzählt, dass du erst gestern hier angekommen bist.«

»Ja, ich hatte in New York noch einiges zu erledigen. Wenn du das nächste Mal in die Vereinigten Staaten kommst, musst du mich unbedingt besuchen.«

Quentin lächelte halbherzig.

»Hör zu, Thomas. Ich will ehrlich zu dir sein. Ich habe ein kleines Problem.«

Der Galerist blickte ihn aufmerksam an und wartete.

»Der Kellner im Chez Gégène, mit dem ich gestern geredet habe, scheint dich gut zu kennen. Er hat gesagt, dass er dich in den vergangenen drei Wochen oft gesehen hat.«

Thomas wandte den Kopf zur Seite, als müsse er die Tragweite dieser Information erst abschätzen.

»Also frage ich mich, wie man gleichzeitig in New York und in Joinville sein kann.«

Thomas sagte immer noch nichts, er beobachtete Tonio, der sich vergnügt zwischen den Tischen hindurchschob, Teller herbeitrug und abräumte, Witze riss, Komplimente machte, sich bedankte. Endlich riss er sich von dem umtriebigen Wirt los und wandte sich Quentin zu. »Lieutenant Brossard scheint dasselbe Problem zu haben.«

»Und was hast du ihm geantwortet?«

»Dass ich hier war, um zu arbeiten, was aber niemand wissen durfte.«

Tonio eilte mit drei kleinen Gläsern auf ihren Tisch zu.

»Monsieur Belbasse, kosten Sie von diesem Grappa. Es ist ein Zaubertrank.«

Quentin nippte an dem hochprozentigen Getränk. Er verzog das Gesicht zu einem anerkennenden Lächeln, und Tonio wandte sich zufrieden ab.

»Warum nicht?«

Thomas drehte sein bereits fast leeres Glas zwischen den Fingern.

»Weil gewisse Aktivitäten, denen ich nachgehe, mehr oder weniger geheim sind.«

»Geheim oder illegal?«, fragte Quentin.

»Geheim. Das gehört zum Konzept.«

»Kannst du dich bitte etwas präziser ausdrücken?«

Er wollte Thomas nicht brüskieren. Der Amerikaner schien kooperativ zu sein, aber sehr klar war seine Ausdrucksweise nicht gerade.

»Ich habe die Performance vorbereitet und organisiert.«

»Die im Samaritaine?«

»Silence, das bin ich«, bestätigte Thomas.

Das hatte Quentin nicht erwartet.

»Rosa wusste das nicht?«

»Wir sagen uns nicht alles.«

Thomas führte das Glas zum Mund.

»Ich bin wahrscheinlich begriffsstutzig, aber ich verstehe es immer noch nicht«, sagte Quentin.

Mit diesem Satz ließ sich im Grunde zusammenfassen, was er gegenüber der Kunstwelt empfand, deren Mechanismen er nie ganz durchschaut hatte. Das mochte an der gewissen Überheblichkeit liegen, die seine Mutter gern an den Tag legte, oder an der Lähmung, die sein Gehirn befiel, wenn er unter Leute geriet, die einen verschlüsselten Insider-Jargon sprachen. Oder strengte er sich unnötig an, um mehr zu verstehen, als es zu verstehen gab? Suchte er unentwegt nach versteckten Bedeutungen, weil ihm das seit seiner Kindheit vertraut war? Der Sohn von Rosa Kontrapunkt *musste* »dazugehören«. In den Augen seiner Umgebung musste er der geborene Rebell sein, wie alle Künstler.

»Es war wichtig, dass die Teilnehmer nicht genau wussten, was sie erwartete und was sie vorfinden würden«, erklärte Thomas geduldig. »Das war notwendig, um eine gewisse Spannung zu halten. Das Samaritaine war einmal ein öffentlicher Ort, an dem sich fremde Menschen begegnet sind. Wären die Performer über alles informiert gewesen, wäre das Resultat viel weniger interessant gewesen.«

»Ja, interessant war es ja nun auch wirklich«, konnte sich Quentin nicht verkneifen.

Thomas leerte sein Glas.

»Aber Solveig war im Bilde?«

»Ja. Ihre Fotografien sollten Teil einer Installation in meiner New Yorker Galerie werden. Wir mussten im Vorfeld daran arbeiten. Deshalb habe ich sie von Zeit zu Zeit besucht.«

»Dann war sie eine Freundin?«

»Sie hatte Talent und Ehrgeiz. Sie war lustig und inspirierend.«

»Du warst ihr Gönner?«

Der Galerist lachte.

»Wenn man so will.«

»Rosa hat dir doch erzählt, dass jemand nach Solveigs Tod in das Hausboot einbrechen wollte. Hast du eine Vermutung, wer das gewesen sein könnte?«

Thomas schüttelte den Kopf. Quentin sah Rosa aus der Küche kommen und ein paar Worte mit Tonios Schwester wechseln. Ihm blieb nicht mehr viel Zeit.

»Das heißt, du kanntest alle Teilnehmer?«

»Ja. Die einen gut, die anderen weniger gut.«

»Kannte Solveig sie auch?«

»Das war nicht notwendig. Wir haben nur über ästhetische Auffassungen gesprochen.«

»Okay, du hast also die sechs Personen kontaktiert …«

»Nein, ich habe zehn kontaktiert. Nicht alle sind gekommen. Ich habe nicht gewusst, wer von ihnen kommen würde. Außer bei Solveig und Rosa natürlich.«

»Zehn Personen haben per Mail deine Instruktionen erhalten?«

»Ja.«

»Könntest du mir ihre Adressen aufschreiben?«

»Das Problem, das ich schon mit Lieutenant Brossard erörtert habe, ist, dass mir bei drei von ihnen nur Pseudonyme und Mailadressen vorliegen. Ich kenne weder ihren bürgerlichen Namen noch ihre Postadresse.«

»Das ist ja wie bei der Fremdenlegion.«

Rosa trat an den Tisch, und Thomas stand auf.

»Ich würde eher sagen, dass meine Performances einen Raum der Freiheit schaffen.«

# 14

Die erste Etage in der Avenue Hoche 32 war durch große Platanen verdunkelt, die die seitliche Fahrspur säumten, obwohl bereits die meisten Blätter dem Nachtfrost zum Opfer gefallen waren.

Die schweren Vorhänge mit den Blumenmustern, die der Wohnungsinhaber zur Seite gezogen hatte, damit das matte Tageslicht ungehindert einfallen konnte, schluckten die meisten Geräusche von draußen. Von dem, was sich gerade, um elf Uhr vormittags, auf der Straße abspielte, hörte man nichts. Nichts durchbrach die lastende Stille, nur eine nicht sichtbare Standuhr tickte leise, und irgendwo in der Wohnung gab ein Mensch gedämpfte Geräusche von sich, die Quentins gute Ohren vernahmen, ohne dass er sie identifizieren konnte. Der Duft von Sandelholz und Ambra überdeckte den anderen, leicht stechenden Geruch von Desinfektionsmitteln. Der hochgewachsene, gebräunte Sportlertyp, der vor Quentin saß, wirkte in diesem traditionell bürgerlichen Ambiente ziemlich deplatziert.

»Eine wunderbare Frau! Schön, talentiert, großzügig! Ich bin selten einem so außergewöhnlichen Menschen begegnet.«

Eine ausholende Armbewegung unterstrich seine leidenschaftliche Lobeshymne. Beim Gedanken an Solveig Brenner leuchtete das Gesicht des jungen Mannes auf. Doch seine schönen, markanten Züge wirkten erschlafft und wie ausgezehrt, er hatte Tränensäcke unter den Augen.

»Sie kannten Brenner gut?«

Victor Rochard widersprach hastig.

»Nein. Natürlich nicht. Wir haben zusammen gearbeitet, mehr nicht.«

Quentin stellte fest, dass der junge Mann der erste der Befragten war, dem man echten Kummer anmerkte.

»Wussten Sie, dass sie schwanger war?«, fragte er.

»Schwanger?«, rief der junge Mann fassungslos. »Nein, woher hätte ich das wissen sollen?« Er fuhr aus seiner gebeugten Haltung auf.

»Aber man hat den Eindruck, dass diese Information Sie nicht kaltlässt.«

»Das ist doch ganz normal. Dadurch wird das Verbrechen noch entsetzlicher«, stieß Victor hervor.

Quentin wartete, bis sich der junge Mann wieder gefasst hatte. »Sie studieren Astronomie? Ist das korrekt?«, fuhr er behutsam fort.

»Ich schreibe an meiner Doktorarbeit.«

Quentin schob anerkennend die Lippen vor. »Und können Sie mir erklären, was Sie im Samaritaine wollten? Die Performance scheint nicht ganz zu Ihren anderen Tätigkeiten zu passen.«

»Ich nehme gelegentlich an solchen Events teil. Ich finanziere mir mein Studium damit, dass ich in der Kunsthochschule Modell stehe. Dort bin ich ein paar Leuten begegnet, die mich in die Szene eingeführt haben.«

Quentin sah sich im Arbeitszimmer um. Nichts an der Ausstattung wies auf ein besonders reges Interesse an Kunst hin. An den Wänden standen Regale mit Werken über Astronomie, Mathematik und Physik. Über einem apfelgrünen Samtsofa war eine große Sternenkarte zu sehen. Quentin wandte sich wieder Victor zu.

»Und zwar?«

Der angehende Astronom schien den Faden verloren zu haben und machte ein ratloses Gesicht.

»Wem sind Sie begegnet?«, fragte Quentin geduldig.

»Ach so. Das waren ein paar Leute, durch die ich wiederum andere kennengelernt habe. Wie sich das eben so ergibt, verstehen Sie?«

Mit einer weit ausholenden Geste umfasste er den Raum, vielleicht auch die Straße, vielleicht ganz Paris. Quentin verstand, aber ihm war die Auskunft noch zu vage.

»Zum Beispiel?«

»Yumiko Katana.«

Quentin konnte sich des Eindrucks nicht erwehren, dass Victor log. Ob es an einem unmerklichen Zögern in der Stimme lag oder an seiner Haltung insgesamt, hätte er nicht sagen können. Aber warum bei einer so banalen Frage lügen?

»Katana mochte Brenner nicht. Das ist Ihnen bekannt?«

Der junge Mann nickte. Zu einer Antwort kam er nicht mehr, denn aus einem der anderen Zimmer der geräumigen Wohnung rief jemand mit leiser, aber fordernder Stimme: »Victor!«

Als der Angesprochene nicht gleich reagierte, wiederholte sich der Ruf, diesmal lauter. Victor lächelte verlegen und erklärte, seine kranke Mutter habe wohl eine fremde Stimme gehört und sich gefragt, was los sei.

»Ich kann jetzt nicht«, rief er seiner Mutter durch die Tür zu. Dann, an Quentin gewandt: »Dass es zwischen den beiden Spannungen gab, wusste jeder.«

»Und glauben Sie, dass die Plagiatsvorwürfe berechtigt sind?«

Victor sah Quentin prüfend an, als wolle er abschätzen, welche Antwort sein Gegenüber erwartete. Er entschied sich für eine defensive Antwort.

»Darüber erlaube ich mir kein Urteil. Es geht mich nichts an.«

»Simon Duhesme hat Brenner auch nicht gerade geschätzt.«

Hinter der Tür hörte man leise, schlurfende Schritte, doch Madame Rochard zeigte sich nicht. Dass seine Mutter in Hörweite durch die Wohnung schlich, machte den jungen Mann sichtlich nervös. Sein Blick huschte immer wieder zur Tür.

»Nein. Aber für mich zählt nur, dass sie tot ist, und das ist schrecklich.«

»Ich verstehe, dass Sie durcheinander sind. Das ist ganz normal. Aber Sie sind der einzige Mensch, der einen echten Verlust zu empfinden scheint, und das macht mich neugierig. Die meisten aus Ihrer Gruppe hatten anscheinend eine kompliziertere Beziehung zu Brenner.«

»Außergewöhnliche Personen ziehen immer Neid auf sich«, erwiderte der junge Mann entschieden.

Quentin drang nicht weiter in ihn. Als er Anstalten machte, sich zu verabschieden, konnte Victor seine Erleichterung nicht verbergen.

»Ihre Mutter ist krank?«, fragte Quentin im Stehen.

»Das Herz«, bestätigte Victor kurz.

Er begleitete den Besucher zur Tür. Im Flur hing ein schwerer Parfümduft.

»Sie halten mich auf dem Laufenden, ja, Monsieur Belbasse?«

Hinter Quentin schloss sich die Tür, und er stand allein in dem prunkvollen, marmorverkleideten Treppenhaus. An der schmiedeeisernen Haustür musste er mit aller Kraft ziehen, um sie zu öffnen. Endlich im Freien, nahm Quentin einen tiefen Atemzug und überquerte eilig die Straße. Er brauchte dringend frische Luft. Wie schwer die drückende Atmosphäre in Victor Rochards Wohnung auf ihm gelastet hatte, wurde ihm erst jetzt bewusst.

»Wie kann man nur mit der eigenen Mutter zusammenwohnen!«, murmelte er.

»Na, Belbasse, führen Sie schon Selbstgespräche?«

Quentin fuhr herum und stieß fast mit Lieutenant Brossard zusammen.

»Sie können einfach nicht anders, was?«, fuhr Brossard fort. »Sie müssen Ihre Nase in alles reinstecken.«

Es klang nach einer simplen Feststellung, es fehlte jede Spur versteckter Feindseligkeit. Ungewöhnlich für den Lieutenant.

»Eine merkwürdige Geschichte ist das«, erwiderte Quentin vorsichtig.

»Das stimmt. Die meisten Mordfälle sind geradliniger. Geld, Eifersucht, jemand erwürgt die Freundin oder legt den Bruder oder Komplizen um. Das muss dann nur noch bewiesen werden. Und es gelingt gar nicht so selten. Mit ein bisschen Geduld, gesundem Menschenverstand und Logik. Diesmal scheint die Sache aber komplexer zu sein.«

»Haben Sie schon Anhaltspunkte für ein Motiv?«

»Und Sie?«

Die beiden Männer sahen sich an und lachten im selben Moment los. Quentin zündete sich eine Zigarette an und hielt Brossard die Schachtel hin.

»Danke, ich habe aufgehört.«

Bevor sie weitersprechen konnten, wurden sie von einem Fahrradfahrer abgelenkt, der auf dem Bürgersteig einer Kinderfrau mit ihrem Zwillingskinderwagen den Weg abschnitt, woraufhin sie dem Übeltäter lautstark hinterherschimpfte.

»Wieder ein Vergnügen weniger«, sagte Brossard bedauernd, ohne die erboste Frau aus den Augen zu lassen.

»Ja, aber dafür ein paar Jahre mehr.«

»Wenn das mal sicher wäre.« Brossard seufzte. »Was das Motiv betrifft – es gibt keins, das auf der Hand läge, aber eine ziemlich hässliche Angelegenheit ist und bleibt es. Ich treffe bald den Bruder des Opfers, der heute Nachmittag aus Linz kommt.«

Quentin war heilfroh, dass nicht er den trauernden Verwandten in Empfang nehmen musste. Brossard schien seine Gedanken zu lesen.

»Ja, das ist einer der Unterschiede zwischen Ihnen und uns. Wir haben die ganze Drecksarbeit am Hals. An manchen Tagen fragt man sich wirklich, ob sich das Aufstehen lohnt.«

»Das frage ich mich auch manchmal.«

»Weil Sie von Natur aus Melancholiker sind.«

Quentin ließ die Bemerkung unkommentiert. Er zog an seiner Zigarette und beobachtete den Polizisten aus dem Augenwinkel. Noch nie hatte Brossard ihm gegenüber einen so wohlwollenden Ton angeschlagen.

»Hat die Nachricht den Bruder sehr getroffen?«, fragte er.

»Das nehme ich an. Ich muss erst noch einen Übersetzer finden.«

»Ich kann mich in Deutsch leidlich verständigen. Ganz gut sogar. Falls Ihnen das was hilft.«

»Sie sind ja ein ganz Durchtriebener«, grinste Brossard. »Kann sein, dass ich Sie anrufe.« Er drehte sich um, ging auf das Haus von Victor Rochard zu und wurde kurz darauf vom Halbdunkel des Eingangsfoyers verschluckt.

# 15

Quentin hob den Blick zum mittlerweile wolkenlosen Himmel, von dem eine freundliche Herbstsonne herabstrahlte. Er holte noch einmal tief Luft und beschloss, zu Fuß nach Hause zu gehen. Während er den Parc Monceau durchquerte, dachte er über Victor Rochard nach, und über Mütter, die um ihre Nachkommenschaft herumschleichen, die kranken und die gesunden, die aufopferungsvollen und die emanzipierten, diejenigen, die Unruhe stiften, und die anderen, die nur das Beste wollen. Manchmal beides zugleich. Väter entwickelten wohl, selbst wenn sie anwesend waren, nie eine so symbiotische Bindung zu ihren Kindern. Manche hatten sogar die Tendenz, unterwegs abhandenzukommen. Quentin erinnerte sich nicht an seinen Vater. »Vater verstorben an einer tödlichen Dosis Rauschgift« machte sich im Lebenslauf nicht so gut. Er hätte behaupten können, sein Vater sei an einem Herzanfall gestorben, und das wäre nicht einmal eine Lüge gewesen, denn letzten Endes war es immer das Herz, das aufhörte zu schlagen. Aber das hatte er nie getan. Wenn man ihn nicht nach seinem Vater fragte, erwähnte er ihn nicht. Und so blieben die Gespräche auch meistens an der Oberfläche, denn die Leute wollten ihm nicht wehtun und alte Wunden aufreißen. Vielleicht fürchteten sie auch Geständnisse oder Geschichten aus seiner unglücklichen Kindheit. Die Neugier von Menschen, die sich auf das heikle Terrain mitfühlender Nachfragen wagten, endete gewöhnlich abrupt, sobald sie mit der grausamen Wahrheit konfrontiert waren. Vater an einer Überdosis gestorben, Mutter Performance-Künstlerin, das war kein leichtes Schicksal. Quentin hatte es akzeptiert. Meistens kam er ganz gut damit klar. Der Vater, den er nicht gekannt hatte, fehlte ihm nicht wirklich. Er konnte sich kaum vorstellen, wie das Zusammenleben mit einem Vater ausgesehen hätte, mit dem er als Jugendlicher Konflikte hätte austragen müssen. Die Abwesenheit des Vaters hatte auch Freiheiten mit sich gebracht. Keine Regeln, wann er abends nach Hause zu kommen hatte, keine Strafen für schlechte Noten. Auf den wenigen vergilbten Fotos sah er einen gutaussehenden jungen Mann in einer weißen Tunika am Strand von Ibiza stehen. Ein seidiger, blonder Bart, blaue Augen, die gebräunte Haut eines Menschen, der sich viel im Freien aufhält. Mit einem warmherzigen Lächeln strahlte er in die Kamera. Zu seinen Füßen spielte ein ungefähr dreijähriger Junge mit Förmchen im Sand. Die frühe Kindheit ist für alle irgendwie gleich, in dieser Zeit ist die Lebensauffassung der Eltern noch zweitrangig.

Am Ausgang des Parks hielt an der Haltestelle gerade ein Bus, der in seine Richtung fuhr, aber Quentin hatte Lust, zu Fuß weiterzugehen, so konnte er weiter ungestört seinen Gedanken nachhängen.

Am Strand oder auf dem Spielplatz Sandkuchen backen, das gefiel allen Kindern, afrikanischen, asiatischen und europäischen. Im Sand waren alle gleich, ob die Eltern nun Chirurgen, Hausmeister, brave Bürger oder Drogensüchtige waren. Und doch war, wenn sie zum ersten Mal krakelige Buchstaben auf Schmierpapier malten, ihre Zukunft in gewissem Sinn schon festgelegt. Quentin hatte damals noch nicht gewusst, dass er ohne Vater und die meiste Zeit unter der Obhut einer Kinderfrau aufwachsen würde. Er hatte noch geglaubt, Sonne, Meer und Unbeschwertheit seien etwas Selbstverständliches. Das abgegriffene Foto, auf dessen Rückseite seine Mutter auf Deutsch »Fred und Quentin auf Ibiza, 1973« gekritzelt hatte, war das einzige, das er von seinem Vater noch hatte.

»Wir hatten anderes im Kopf«, hatte seine Mutter erwidert, als Quentin sie einmal gefragt hatte, warum es nicht mehr Fotos von seinem Vater gab. »Jede Sekunde war pralles Leben. Wozu Fotos machen? Das ist etwas für Touristen oder Künstler, aber damals hat es mich nicht interessiert.«

Ja, wozu Fotos? Keiner konnte ahnen, dass schon bald ein kleiner Junge eine konkrete Erinnerung brauchen und sich an jedem Fetzchen Stoff festhalten würde: ein Lederarmband, ein Gürtel, ein Bandana. Diese Reliquien bewahrte Quentin in seinem Kleiderschrank auf, in einer Schachtel, die er seit zehn Jahren nicht mehr geöffnet hatte. Er wusste nicht, warum er sie überhaupt noch behielt. Der einzige Grund war wohl, dass er es nicht über sich brachte, sie wegzuwerfen. Man wirft die letzten Habseligkeiten des eigenen Vaters nicht weg, und wenn es noch so banale Gegenstände sind. Andere hinterlassen ihren Kindern ihre Wohnung, ihre Bücher, Wertgegenstände und eine solide Ausbildung. Sein Vater hatte ihm ein Bandana hinterlassen. Als Jugendlicher war er oft wütend gewesen. Ein Vater, der sich ins Nirwana davonmacht, wenn sein Sohn gerade fünf ist, kennt keine väterliche Liebe, hatte er sich gesagt. Das war richtig und auch wieder nicht. Rosa hatte ihm in dieser Hinsicht nicht viel weitergeholfen.

»Ich verstehe deine Wut«, hatte sie gesagt. »Ich kann sie dir aber nicht nehmen.« Wie ihn das aufgeregt hatte! »Ich kann dir nicht helfen, mein Schatz. Ich weiß, dass er dich geliebt hat, dass er uns geliebt hat, aber nicht auf die besitzergreifende, engstirnige Art.«

»Für jemanden am Leben zu bleiben, nennst du engstirnig?«

»Man lebt nicht für einen anderen, man lebt für sich selbst. Die anderen können einen nicht retten.«

»Scheiße.«

»Vulgarität ändert nichts an den Tatsachen«, hatte Rosa gelassen geantwortet. Eine nervtötende Mutter, ein toter Vater. Eine Schachtel mit albernen Reliquien.

Die nervige Mutter hatte ihn letztlich mehr geplagt als der tote Vater. Abwesend und anwesend zugleich. Man musste schon Rosa Kontrapunkt sein, um das fertigzubringen. Besitzergreifend, ohne mütterlich zu sein. Intelligent, witzig, sexy, ohne Frage, aber bei ihm war nur eine Botschaft angekommen: Er musste sich im Leben allein zurechtfinden. Aber das war ja auch im Grunde das Wesentliche. Was konnte man Kindern sonst noch mitgeben? Liebe. Die Fähigkeit zu lieben. Und siehe da, die hatte sie ihm beigebracht. Er fragte sich immer noch, wie sie das geschafft hatte. Eines der zahlreichen Geheimnisse von Rosa, der Magierin, Rosa, der Landplage.

Das geräuschvolle Treiben, das an der Place de Clichy den ganzen Tag über herrschte, riss Quentin vorübergehend aus seinen Tagträumen. Er zwängte sich zwischen den Menschen und Fahrzeugen hindurch, die in verschiedenste Richtungen strebten.

»Können Sie nicht aufpassen!«, zischte ihn eine Frau wütend an. Ein kleiner Junge war ihm vor die Füße gelaufen, er hätte ihn fast umgerannt. Quentin erging sich in Entschuldigungen – er hätte aufmerksamer sein müssen, er hätte den Jungen leider nicht rechtzeitig gesehen. Die Mutter war entrüstet, der Kleine heulte. Quentin seufzte. Anderer Leute Kinder sind uns weniger wichtig als unsere und die Erinnerungen an unsere eigene Kindheit, dachte Quentin. Er fand durchaus nicht alle Kinder prinzipiell liebenswert, das hatte er mit seiner Mutter gemeinsam. Trotzdem ließ er sich häufig beschwatzen, die Sprösslinge seiner Nachbarin zu hüten. Violetta war allein mit ihren beiden Engelchen, wie sie die Kleinen nannte, wenn sie gute Laune hatte. Und das war fast immer der Fall, was sicher auch der Grund war, weshalb Quentin ihren Bitten meistens nachkam.

Das hieß aber noch lange nicht, dass ihm die Vorteile des Familienlebens einleuchteten; von ihnen ließ er sich nicht überzeugen, auch wenn er Freunden bereitwillig half und zwischen zwei Tourneen gerne Zeit mit ihnen und ihren Familien verbrachte.

Von Natur aus ein Einzelgänger, hatte er sich einen Freundeskreis geschaffen, der ihn immer gern aufnahm, ihn aber auch leichter wieder gehen ließ als eine eigene Familie. Hin und wieder nutzte jemand seine Gutmütigkeit aus oder wurde allzu anhänglich, aber im Wesentlichen entsprach diese Lebensform seinem Bedürfnis nach Freiheit, ohne dass er sich mit echter Einsamkeit hätte abfinden müssen.

# 16

Quentin schloss die Haustür auf, nachdem er einen argwöhnischen Blick in die Höhe geworfen und festgestellt hatte, dass vor dem Baugerüst bereits die befürchtete Plane hing. Die Tür zur Concierge-Loge ging auf, Monsieur Almeida hatte ihn offensichtlich kommen sehen. Nichts entging dem scharfen Auge von Geraldo Almeida, der in der ersten Hälfte seines Arbeitslebens Maurer gewesen war und den anstrengenden Beruf wegen eines Unfalls hatte aufgeben müssen, weil sein Rücken auf Dauer geschädigt war. Schweren Herzens hatte sich der kleine, aber agile Mittfünfziger damit abgefunden, dass er fortan einen Job machen musste, den er insgeheim für einen Frauenjob hielt. Seine Frau Ophelia war für das Nachbargebäude zuständig und Amalia, seine Cousine ersten Grades, für den Wohnblock gegenüber. Die beiden erledigten in den Häusern die Putzarbeiten, Geraldo beschränkte sich auf Elektroreparaturen, Materialtransporte und Instandhaltung. Da er auf den Posten des Beobachters und Ordnungshüters zurückgeworfen war, setzte er neuerdings seinen ganzen Stolz darein, der untadeligste Concierge zu sein, der je am Square d'Anvers gewirkt hatte. Er war die Korrektheit, Reinlichkeit und Rechtschaffenheit in Person und hielt sich von früh bis spät für Notfälle aller Art bereit. Diskret und präsent zugleich, kannte er den Tagesablauf, die Vorlieben und Ticks sämtlicher Mieter und vermerkte die unbedeutendsten Veränderungen mit größter Sorgfalt. Man hätte ihm den Großen Concierge-Orden am Bande verleihen können, hätte es ihn gegeben und hätte Almeida nicht einen gravierenden Schönheitsfehler gehabt, der den Umgang mit ihm extrem erschwerte: Er sprach ein französisch-portugiesisches Kauderwelsch, das man nur mit größter Mühe verstand. Dreißig Jahre in Paris hatten nichts an seinen verworrenen Satzkaskaden geändert, die er seinen erschrockenen Gesprächspartnern mit seiner kräftigen Stimme entgegenschleuderte. Quentin, dem es nicht an gutem Willen fehlte, hatte noch keine einzige seiner ausufernden – denn Monsieur Almeida war zudem geschwätzig – Satzkonstruktionen komplett verstanden. Deshalb versuchte er, so schnell wie möglich die wesentlichen Informationen herauszufiltern, was ihm bisher auch immer gelungen war, denn die Gesprächsthemen des Portugiesen waren nicht sehr vielfältig. Jetzt begrüßte ihn Almeida mit einem breiten Willkommenslächeln, das bei Quentin sofort ein leichtes Unbehagen auslöste, denn für gewöhnlich führte gute Laune bei dem Concierge sofort zu einem unbezähmbaren Mitteilungsdrang, der die Länge seiner Tiraden verdoppelte. Er hatte sich nicht getäuscht.

»Ah, Meschiö Belbasche«, rief der Exmaurer und streckte ihm einen dicken Stapel Post hin. »Bin ische froh ssu sehe, habe nischte gewusst, wann wiederkomme.«

Quentin wusste, dass man ihm auf keinen Fall antworten durfte, allenfalls den Redefluss mit kurzen Zustimmungslauten und höflichem Lächeln begleiten. Er versuchte, sich seiner Post zu bemächtigen, aber die großen Gesten des Portiers, mit denen er seinen Wortschwall untermalte, verhinderten jeden Vorstoß.

»Ische chabe die Brief geschiebe unter Ture, aber nischt kein Platze, deshalb ische behalte die hier, weil fatura immer so lange dauere bei Poste, nie komme ssu gleiche sseite, keine gut austeile, distribuicao schlecht, né?«

Quentin nutzte den Augenblick, in dem Monsieur Almeida nach Luft schnappen musste, um die vorübergehend in der Luft verharrenden Briefe zu ergreifen, zur Treppe zu eilen und aufatmend in die oberen Etagen zu entfliehen. Als er endlich die Wohnungstür hinter sich zuzog, wurde seine Freude umgehend durch das Halbdunkel gedämpft, das aufgrund der Plane am Baugerüst in den Räumen herrschte. Glücklicherweise war es gerade still, es war halb zwei, und die Bauarbeiter genossen noch ihre wohlverdiente Mittagspause. Quentin schaltete alle Lichter an, legte die Post auf die Küchentheke, schlüpfte aus dem Mantel und legte eine CD von Alain Bashing ein. Während die ersten Takte von »Josephine« durch das Wohnzimmer dröhnten, goss er Olivenöl in eine Pfanne, schlug drei Eier auf und sah zu, wie sie blubbernd die Farbe wechselten. Als sie fertig gebraten waren, aß er sie im Stehen. Er goss sich ein Glas Wasser ein und kochte sich einen Kaffee, mit den Gedanken weiter bei den Ereignissen des Vormittags.

Mit der Kaffeetasse in der Hand ging er zum Couchtisch, nahm die Post, die er Almeida abgeluchst hatte, und setzte sich damit auf das Ledersofa. Er steckte sich eine Zigarette an und griff nach dem ersten Umschlag. Wenige Minuten später hatte er sich einen Überblick verschafft: ein paar Schecks, die seit Ewigkeiten fällig waren und von den ewig klammen Produzenten so spät wie möglich abgeschickt worden waren, zwei Ansichtskarten von Musikerfreunden auf Tournee, und die üblichen Rechnungen, die alle Geschwindigkeitsrekorde brachen. Die Honorarabrechnung, auf die er verzweifelt wartete, war immer noch nicht dabei. Er fluchte leise. Also wieder ans Telefon und mahnen. Die Schwerfälligkeit der Bürokratie war zum Haareraufen!

Monsieur Almeida hatte recht, die Post war nicht verlässlich, man wusste nie genau, wann ein Brief auch wirklich ankommen würde.

Quentin zog ein letztes Mal an seiner Zigarette und drückte sie in dem großen roten, gitarrenförmigen Aschenbecher aus, der schon vor Kippen überquoll. Die Post war unberechenbar. Moment mal! Er sprang auf und lief zu seinem Schreibtisch, auf dem die letzte Karte lag, die sie in Solveigs Briefkasten gefunden hatten. Der Poststempel war vom 22. Oktober. Wenn die Post so unzuverlässig war und man immer von möglichen Verzögerungen ausgehen musste, war es notwendig, die Verabredung mit Solveig so zu legen, dass sie sie auf jeden Fall einhalten konnte, selbst wenn die Karte ein paar Tage unterwegs war. Das hieß, der Poststempel verwies sehr wohl auf den Wochentag und die Zeit des Treffens, aber eine Woche später, als angenommen. Die Person, die die geheimnisvolle Ansichtskarte abgeschickt hatte, würde sich aller Voraussicht nach erst am Samstag, dem 29. Oktober in Saint-Germain-l'Auxerrois einfinden. Das war zwar nur eine Hypothese, aber er hielt sie für nicht unwahrscheinlich.

Quentin tastete in seiner Jackentasche nach dem Handy und wählte die Nummer seiner Mutter.

# 17

Kaum hatte er aufgelegt, da klingelte es an der Tür. Er öffnete, und vor ihm stand seine Nachbarin Violetta, die ihn mit Küsschen begrüßte und an ihm vorbei in die Wohnung rauschte, als wäre sie hier zu Hause, was auch mehr oder weniger stimmte. Sie strahlte ihn an. »Ich grüße meinen Retter!« Quentin wusste sehr wohl, was diese Einleitung zu bedeuten hatte.

»Ich bin ja so froh, dass du wieder da bist!«

Das bezweifelte Quentin keine Sekunde. Wenn er auf Tournee war, hatte sie viel mehr Mühe, jemanden zu finden, der auf ihre Kinder aufpasste. »Hast du gesehen, was sie mit unserem Haus anstellen?«

»Das kann man kaum ignorieren«, grinste er. »Du siehst aus, als ob es dir richtig gut geht.«

»Ich glaube, ich habe den Mann meines Lebens kennengelernt!«, erklärte sie voller Enthusiasmus.

»Violetta, das erzählst du mir alle zwei Monate.«

»Ja, aber diesmal ist es wahr.«

»Wie jedes Mal. Und, wann ist es so weit?«

»Wann es so weit ist?«, wiederholte Violetta entrüstet. »Ich bin nicht schwanger! Meine zwei Süßen reichen mir völlig.«

»Nein, das meine ich nicht. Wann soll ich auf die Kinder aufpassen?«

»Heute Abend, wenn du so lieb wärst.« Sie bedachte ihn mit einem ihrer flehenden Hundeblicke, die sie perfekt beherrschte.

Violetta war eine temperamentvolle Brasilianerin, die kürzlich mit Schrecken gemerkt hatte, dass sie auf die vierzig zuging. Sie war als kleines Mädchen nach Frankreich gekommen und im Grunde eine echte Pariserin. Ihre zwei Kinder, Marco und Sophie, stammten aus der Beziehung mit einem Mann aus Lyon, der inzwischen wieder dort lebte. Ihre Eltern, denen sie sehr nahegestanden hatte, waren vor drei Jahren bei einem Autounfall ums Leben gekommen, und seit diesem tragischen Ereignis war sie auf der Suche nach ihren Wurzeln. Sie hatte sich in einem Forum für brasilianische Expats angemeldet und kommunizierte frenetisch, wenn auch in einem ziemlich eingerosteten Brasilianisch, mit den Landsleuten ihrer Eltern. Etwas hatte sie Quentin damit voraus – sie verstand Geraldo Almeidas Kauderwelsch. Quentin mochte Sophie und Marco, und einer alleinerziehenden Mutter gelegentlich auszuhelfen, schien ihm eine edle Tat. Violettas körperliche Reize förderten diese Ansicht sicher auch. Violetta rührte im Kaffee, den Quentin ihr eingegossen und in den sie wie üblich zwei gehäufte Teelöffel Zucker gegeben hatte.

»Und, was meinst du?«, fragte sie.

»Hmm. Na gut, in Ordnung.«

»Dafür koche ich dir am Sonntag ein Vatapá mit Crevetten, okay?«

Wie konnte man einer solchen Verlockung widerstehen? Violetta hantierte so virtuos mit Töpfen, Pfannen, Zutaten und Gewürzen, dass sie ihren Lebensunterhalt ohne weiteres als Köchin hätte verdienen können. Stattdessen arbeitete sie als Physiotherapeutin im Hôpital Lariboisière, einem Krankenhaus im Herzen von Paris. Vielleicht noch genussvoller als ihre Speisen waren ihre Massagen. Doch die bot sie Quentin nur im äußersten Notfall an, wenn sie ihn ganz dringend brauchte und spürte, dass er kurz davor war, sich ihrem Ansinnen zu verweigern.

»Ich bringe sie dir gegen halb acht. Dann haben sie schon gebadet. Du brauchst ihnen nur noch etwas zu essen geben …«

»Und ihnen eine Geschichte erzählen, ich weiß.«

»Lass sie nicht zu lange aufbleiben. Heute ist Mittwoch, sie haben morgen Schule!«

Violetta angelte sich ein Stück weißer Schokolade aus einem vergoldeten Schächtelchen, das Quentin von einem Konzert in Brüssel mitgebracht hatte, küsste ihn im Vorübergehen auf die Wange, riss die Wohnungstür auf und stand einer jungen Rothaarigen gegenüber, deren Finger auf der Klingel lag. Überrascht erkannte Quentin die junge Frau, die ihm sein Auto ruiniert hatte und die, wie er bei dem Unfall erfahren hatte, Valérie Tétrel hieß. Violetta musterte sie kurz und zwinkerte Quentin vielsagend zu. »Keine Sorge, ich bin nur die Nachbarin, also eine gute Freundin«, sagte sie zu Valérie, die verlegen im Flur stand. Dann zog sie die Tür hinter sich zu.

»Ich hoffe, ich habe mich nicht verspätet«, sagte die Besucherin.

Quentin stammelte etwas wie »nein, nein«. Er erinnerte sich nicht, mit ihr einen Termin vereinbart zu haben, aber so war es wohl.

»Ich störe doch hoffentlich nicht?«, fragte die junge Frau höflich und rückte ihre Brille zurecht.

»Im Moment ist ein bisschen viel los, aber es geht schon.«

Quentin wies auf einen der Sessel, räumte Violettas Tasse weg und bot der jungen Frau einen Kaffee an, den sie ablehnte.

»Ich habe ein Formular mitgebracht.« Valérie zog ein Blatt aus einer Mappe, die sie auf den Couchtisch gelegt hatte. Dabei rutschte die Mappe vom Tisch, und ein Stapel Papiere verteilte sich auf dem Parkett. Quentin ging in die Hocke und half beim Aufsammeln.

»Oh, Entschuldigung. Ich bin manchmal so ungeschickt.«

Quentin unterdrückte ein Lächeln, verkniff sich eine Bemerkung und hielt ihr die Pralinenschachtel hin. Verwirrt von seiner unerwarteten Geste, oder weil sie besonders empfindsam war, errötete die junge Frau und griff hastig zu.

Sie räusperte sich. »Hat Ihre Werkstatt Ihnen schon einen Kostenvoranschlag gemacht?«

So zerbrechlich sie wirkte und so ängstlich ihre großen grünen Mandelaugen Quentin durch die Brillengläser hindurch anblickten, Valérie Tétrel schien sich auch schwierigen Situationen mutig zu stellen.

»Nein, ich erfahre erst in ein paar Tagen mehr.« Quentins letzte Worte wurden von dem plötzlich einsetzenden Lärm der Gebäudereiniger verschluckt. Er ging zum Fenster, um es zu schließen, holte einen Stift vom Schreibtisch und setzte sich der jungen Frau gegenüber.

»Das Problem ist, dass das Auto vor dem Unfall gerade erst in der Werkstatt war. Füllen wir das Formular aus, und dann sprechen wir nicht mehr darüber, Mademoiselle Tétrel.« Quentin streckte die Hand nach dem Formular aus.

Die junge Frau deutete auf die Gitarren neben dem Klavier. »Sind Sie Musiker?«

»Gitarrist«, bestätigte Quentin.

»Ich unterrichte Latein.«

Quentin staunte. »Sie sind Lateinlehrerin?«

»Ja. Viele Leute halten das für einen merkwürdigen Beruf. Aber ich bin glücklich damit.«

»Ah, gut. Warum auch nicht«, stotterte Quentin unbeholfen.

Er beugte sich über das Formular und füllte die Zeilen aus, die ihn betrafen. Die Miene der jungen Frau verdüsterte sich.

»Monsieur Belbasse«, begann sie zögernd, »ich glaube, Sie sind ein netter Mensch … Ich möchte Sie um einen Gefallen bitten.«

Quentin legte den Stift weg und hob den Blick. Valéries Finger spielten nervös mit dem Bügel ihrer Handtasche, die sie auf dem Schoß hielt.

»Nur zu.«

»Es ist … sehen Sie … ehrlich gesagt, ich bin schon in der höchsten Schadenfreiheitsklasse. Wegen drei Auffahrunfällen, die ich dieses Jahr hatte.«

»Drei Zusammenstöße?«

»Oh, ich war nicht bei allen schuld, keineswegs ...«

Quentin nickte ihr ermutigend zu.

»Aber praktisch gesehen, wird mich die Versicherung in Zukunft ein Vermögen kosten, oder es kommt noch schlimmer, und keiner will mich mehr versichern.«

Quentin musste zugeben, dass die Möglichkeit bestand.

»Kurz gesagt, Sie wollen das Formular nicht ausfüllen.«

Sie nickte erleichtert.

»Aber ich bezahle Ihnen alles privat! Mit meinen Ersparnissen. Ich bin sehr ehrlich, das versichere ich Ihnen. Ich werde alle Kosten übernehmen ...«

Quentin fragte sich gerade, wie viel wohl eine Lateinlehrerin verdiente, als sein Handy klingelte. Er hob ab, ohne auf das Display zu sehen.

»In einer halben Stunde in der Gerichtsmedizin, verstanden?«

# 18

Der Golf, dessen leicht eingedrückte Motorhaube durch eine provisorische Reparatur instand gesetzt worden war, scherte aus der Taxispur auf dem Boulevard de Magenta aus, in die sich Valérie Tétrel aus Versehen eingeordnet hatte.

»Vorsicht!«, rief Quentin, als sie direkt auf die abgesenkte Ladefläche eines parkenden LKW zusteuerte. Valérie war gerade dabei, ihm von ihrem Aufwachsen in einer kinderreichen Familie in der Normandie zu erzählen, und schenkte dem zu dieser Nachmittagsstunde ohnehin dichten Straßenverkehr nur sporadisch ihre volle Aufmerksamkeit.

»Keine Sorge, ich habe ihn gesehen«, versicherte sie heiter, nachdem sie im letzten Moment eine Vollbremsung hingelegt hatte.

Quentin holte tief Luft und schloss die Augen. Er bereute, dass er Valérie gebeten hatte, ihn zu seiner Verabredung zu chauffieren. Seine Abneigung gegen die öffentlichen Verkehrsmittel kam ihm auf einmal absurd vor, denn Millionen – offensichtlich klüger als er – fuhren mit Bus oder Bahn. Doch es waren genau diese Millionen, die ihm Probleme machten. In Menschenmengen fühlte er sich unwohl. Das Unbehagen grenzte schon an eine Phobie. Selbst bei Konzerten, auf der Bühne, bekam er Beklemmungen angesichts der Menschenflut, die im Saal hin und her wogte. Er tat alles, um Situationen aus dem Weg zu gehen, die in ihm dieses Gefühl von Beklemmung auslösten, denn er bekam es nur mit einer ungeheuer starken Konzentration in den Griff, die ihn eine beträchtliche Energie kostete und sein ganzes Denken und Fühlen beeinträchtigte. Aber war es deshalb vernünftig, zu einer Fremden ins Auto zu steigen, die ihr Fahrzeug obendrein nicht besonders gut zu beherrschen schien?

»In dem Jahr, in dem ich zur Miss Bernay gewählt wurde, ging ich endgültig aus der Normandie weg, um in Paris weiter zu studieren«, erzählte Valérie, während sie auf dem Boulevard Beaumarchais über eine rote Ampel rauschte.

»Passen Sie auf, um Himmels willen!«, ächzte Quentin.

Endlich, um zwanzig nach drei, hatte sein Martyrium ein Ende. Seine Chauffeurin hielt gegenüber dem Gare de Lyon, wie Quentin sie gebeten hatte. Er hatte es vorsichtshalber vermieden, einer Unbekannten den genauen Ort seines Treffens bekannt zu geben. Die Gerichtsmedizin, wo Brossard ihn erwartete, lag nur wenige Fußminuten entfernt. Beim Abschied musste er Valérie versprechen, sie sofort zu informieren, wenn die Rechnung des Automechanikers eingetroffen war.

Er betrat das Backsteingebäude, das zwischen der Autobahnauffahrt zur A4 und der alten Metro-Brücke über die Seine klemmte, meldete sich an der Pforte an und wurde in einen Gang geschickt, an dessen Ende ihn vor einer doppelten Pendeltür Brossard, ein Mann im weißen Kittel mit einer Mappe in der Hand und ein hochgewachsener Mann um die fünfzig erwarteten, zweifellos Martin Brenner.

Quentin gab ihnen die Hand und sprach Solveig Brenners Bruder auf Deutsch sein Beileid aus. Der nickte nur stumm. Quentin wandte sich an Brossard. »Ich hoffe, ich bin nicht zu spät dran.«

»Wir sind auch gerade erst gekommen, aber uns bleibt wenig Zeit. Monsieur Brenner muss heute Abend wieder nach Österreich zurück, und ich will ihm noch eine ganze Reihe Fragen stellen.«

Martin Brenner hatte wenige Ähnlichkeiten mit seiner Schwester. Er war korpulent, hatte einen krummen Rücken und war praktisch kahl, was seine wenig harmonischen Gesichtszüge unvorteilhaft betonte. Nur in der Form und Farbe der Augen ähnelte er Solveig ein wenig.

»Gut, gehen wir.« Brossard ließ dem Mann im weißen Kittel den Vortritt.

Dieser stieß eine der schweren Pendeltüren auf, und die vier betraten einen großen Raum mit weiß lackierten Wänden, der von Neonleuchten erhellt wurde. Der Mitarbeiter des rechtsmedizinischen Instituts konsultierte seine Unterlagen und ging auf eine der in der Wand eingelassenen Kühlzellen zu, die er aufzog. Vor ihnen lag, von einem weißen Tuch bedeckt, ein menschlicher Körper.

Der Mitarbeiter hob eine Ecke des Tuchs hoch, damit man das Gesicht erkennen konnte. Der Tod hatte erste Spuren hinterlassen. Martin Brenner wandte nach wenigen Sekunden den Kopf zur Seite, um seine Gefühle zu verbergen. »Oh, mein Gott.«

Quentin fühlte mit ihm, denn so robust der Mann aussah, in der fremden, freudlosen Umgebung wirkte er verloren. Er war nicht häufig in Frankreich gewesen, und diese Fahrt war für ihn schließlich alles andere als eine Vergnügungsreise. Quentin fragte sich, ob Brossards Behauptung, er brauche einen Übersetzer, nur eine Finte gewesen war und der Lieutenant ihn in Wirklichkeit hergeholt hatte, um ihm die düstere Seite und die triste Routine der Polizeiarbeit vorzuführen. Wollte er ihn abschrecken oder, im Gegenteil, ihn an etwas teilhaben lassen?

Brossard kürzte den schmerzlichen Termin ab, so gut es ging. Er bat Quentin, Brenner das Formular zu übersetzen, das der Mitarbeiter ihnen aushändigte, und den Österreicher um seine Unterschrift. Anschließend führte er ihn auf schnellstem Wege aus dem Gebäude hinaus. Quentin folgte ihnen, und sie stiegen alle drei in das Polizeifahrzeug, das vor der Tür wartete. Brossard gab Anweisung, direkt zum Quai des Orfèvres zu fahren. Dort angekommen, bot er als Erstes seinen Besuchern einen Kaffee an, aber beide lehnten höflich ab. Mithilfe Quentins, der erstaunt feststellte, dass sein Deutsch doch nicht so eingerostet war, wie er gedacht hatte, erfuhr Brossard, dass Martin Brenner seine Schwester in den letzten Jahren nicht sehr häufig gesehen hatte. Das Hotel, das er nach dem Tod ihrer Eltern übernommen hatte, erforderte seine ständige Anwesenheit. Die Geschäfte liefen gut, aber einen richtigen Urlaub konnte er sich nicht leisten. Deshalb waren er und seine Frau in gewisser Weise an ihren Arbeitsort gebunden, ein kleines Dorf in der Nähe von Linz.

»Solveig hat das Hotelgewerbe schon immer gehasst«, sagte Brenner mit gesenktem Blick, als sei er persönlich dafür verantwortlich. »Ihr war das Leben in der Provinz zu eng. Für ihre Kunst hatte niemand Verständnis. Schon gar nicht unsere Eltern. Ja, wirklich. Unsere Eltern waren sehr ›bourgeois‹, wie man auf Französisch sagt, oder? Sie hielten sehr viel auf Tradition, Brauchtum und Anstand, und Solveig hat schon in sehr jungen Jahren gegen ihre strenge Erziehung rebelliert. Das freie, unabhängige Wesen meiner Schwester hat die Pläne und Hoffnungen meiner Eltern durchkreuzt. Ihr Verhalten erschien ihnen immer unmoralischer. Es kam häufig zum Streit, vor allem mit unserem Vater.«

Brossard hatte die Ellenbogen auf der Schreibtischplatte aufgestützt und hörte aufmerksam zu.

»Solveig konnte irgendwann ganz Österreich nicht mehr ertragen«, fuhr Brenner fort. »Sie hatte nur noch einen Gedanken: Flucht!«

»Sie selbst hatten diesen Gedanken nicht?«, fragte der Lieutenant mit unerwartet sanfter Stimme. Quentin hörte diesen Ton zum ersten Mal aus dem Mund des Polizisten.

»Nicht alle können fliehen. Manche müssen bleiben. Das ist das geheime Gesetz der Dinge. Ich bin anders veranlagt als meine Schwester.«

Einen Moment lang herrschte Stille.

»Sie haben sie geliebt?«, fragte Brossard schließlich.

»Ja, trotz unserer Unterschiede standen wir uns nahe. Sie hat nie viel von ihrem Privatleben erzählt, aber hin und wieder haben wir uns gegenseitig besucht. Bis zu dem Brand hat sie ihre wichtigen Papiere und Unterlagen bei mir aufbewahrt. Da sie so viel unterwegs war, dachte sie wohl, ihre Sachen seien bei mir sicherer verwahrt. Aber sie hat sich getäuscht, die Ärmste. Sie hat eine Menge Negative und Abzüge verloren und andere Dinge, die sie für ihre Arbeit brauchte.«

Brossard runzelte die Augenbrauen.

»Wann ist es zu diesem Brand gekommen?«

»1992. Er ist nachts im Speisesaal ausgebrochen und hat sich sehr rasch ausgebreitet. Mein ganzes Arbeitszimmer ist ausgebrannt. Bis heute kann ich mir nicht erklären, wie so etwas passieren konnte.«

Brossard schrieb etwas auf den Notizblock, der vor ihm lag.

»Gab es eine Untersuchung?«

»Ja, aber der Verdacht auf Brandstiftung hat sich nicht bestätigt.«

»Wissen Sie, dass Ihre Schwester Opfer einer Vergewaltigung war?«

»Natürlich. Sie war gerade neunzehn. Passiert ist es bei einer Avantgarde-Ausstellung in Wien, wie sie gesagt hat. Ein Mann mit Kapuze hat sie in einen Keller gezerrt. Sie war schwer traumatisiert. Sie wurde erst Stunden später gefunden.«

»Gab es damals einen Verdächtigen?«

»Nein. Die Polizei hat meine Schwester sehr schlecht behandelt. Ihr Benehmen war freizügig, und sie hat freiwillig an diesem bizarren Abend teilgenommen, deshalb hielten sie sie nicht für vertrauenswürdig.«

»Was meinen Sie mit ›bizarrer Abend‹, Monsieur Brenner?«

»Ich weiß nicht, aber es muss etwas ...« Er suchte nach Worten. Solveigs Welt war ihm fremd geblieben, das merkte man. »Jedenfalls ist Solveig nicht zu ihrem Recht gekommen. Die Polizei hat den Fall ziemlich schnell zu den Akten gelegt.«

Nach einer Stunde beendete Brossard die Befragung und ließ Brenner gehen. Er wies einen Beamten an, ihn zum Flughafen zu fahren, damit er die Abendmaschine rechtzeitig erreichte, die ihn nach Österreich zurückbringen würde. Auch Quentin griff nach seinem Mantel und wollte sich gerade verabschieden, als Brossard ihn um eine Zigarette bat. Anscheinend hatte der Lieutenant beschlossen, nun doch wieder zu rauchen. Quentin, der zum x-ten Mal versuchte, dem Tabak zu entsagen, verkniff sich jeden Kommentar. Er legte den Mantel hin, gab dem Polizisten eine Zigarette, zündete sie ihm an und nahm sich dann selbst auch eine.

»Es ist natürlich verboten, aber es gibt Momente …«, sagte Brossard, während er das Fenster einen Spaltbreit öffnete. Dann setzte er sich an seinen Schreibtisch und deutete auf den Stuhl ihm gegenüber. Eine Weile rauchten sie schweigend und beobachteten durch das halb geöffnete Fenster, wie sich die Abenddämmerung auf die Stadt senkte. Nach ein paar Minuten schaltete Brossard die Schreibtischlampe an, holte einen sauberen Aschenbecher aus der Schublade, stellte ihn vor sich hin und drückte seine Zigarette aus, nachdem er ein letztes Mal tief inhaliert hatte.

»Seit wann kennen Sie Thomas Wayne?«

»Ich bin ihm am Tag nach dem Mord zum ersten Mal begegnet. Er hat gesagt, er käme aus New York. Meine Mutter hat ihn mir als ihren Liebhaber präsentiert«, antwortete Quentin, während er die Zigarettenschachtel und das Feuerzeug neben den Aschenbecher legte.

»Er hält sich seit mindestens einem Monat hier in der Stadt auf.«

»Ja, ich weiß.«

»Und Sie wissen auch, warum er gelogen hat?«, fragte Brossard weiter.

»Weil er ›Silence‹ ist.« Er deutete auf die Zigarettenschachtel. »Bedienen Sie sich.« Brossard ließ sich das nicht zweimal sagen.

»Das ist doch ein Vorwand, oder? Es kommt mir alles so an den Haaren herbeigezogen vor, angefangen bei dieser schrägen Performance.«

Quentin zuckte die Achseln. »Ich weiß nicht. Es ist eine eigene Welt, die ihren eigenen Regeln gehorcht.«

»Das ist alles, was Sie dazu zu sagen haben?«, knurrte Brossard. »Sie sind doch in dem Milieu aufgewachsen! Wenn Sie nicht kapieren, wie es da zugeht, wer dann?« Er zündete sich eine Zigarette an, sprang auf und stellte sich ans Fenster.

»Oder aber Sie verarschen mich, Sie, und alle anderen auch. Sie verarschen mich alle.«

Er starrte auf die Straße, aber er nahm nichts wahr. Sein Zorn nahm ihn vollständig gefangen. Quentin blieb sitzen und betrachtete Brossards Rücken. Die plötzliche Paranoia des Lieutenants kam ihm übertrieben vor, aber er konnte sie nachvollziehen. Brossard drehte sich abrupt um. »Wir haben die Aufnahmen, die Solveig Brenner im Samaritaine gemacht hat, gründlich studiert. Wie es aussieht, gab es nicht sechs Teilnehmer, sondern sieben.«

Quentin riss verwundert die Augen auf.

»Die siebte Person ist anscheinend abgehauen, bevor wir gekommen sind.«

»Aber wie?«

»Indem sie das Durcheinander genutzt hat, das nach der Entdeckung der Toten entstanden ist. Oder so ähnlich. Was weiß denn ich.« Brossard fuchtelte ärgerlich mit den Händen.

Im Licht dieser neuen Tatsache erschien Thomas Waynes Verhalten noch merkwürdiger. Schlimmer noch: Alle Performer waren verdächtig. Man konnte fast an eine Verschwörung glauben, ein Mordkomplott. Quentin wehrte sich instinktiv gegen eine solche Annahme, aber seine Hand hätte er für keinen ins Feuer gelegt. War der eine oder andere nicht doch in die Sache verwickelt? Rosa schien in keiner Weise involviert, aber sie war die Freundin des Amerikaners. Welche Geheimnisse hatten die beiden vor ihnen?

»Kennen Sie die Identität der siebten Person?«

»Noch nicht. Aber Sie vielleicht.«

Plötzlich begriff Quentin, dass Brossard ihn nur dabehalten hatte, um ihn auszuhorchen.

»Der Unbekannte, der um das Hausboot geschlichen ist?«

»Möglich. Man kann den Mann auf den Fotos von Solveig Brenner nicht erkennen, aber wir sind uns sicher, dass es sich um einen Mann handelt, und er entspricht der Beschreibung, die Sie uns von dem Unbekannten am Hausboot gegeben haben. Die allerdings beruht auf Ihren Aussagen und denen Ihrer Mutter, sprich, auf heißer Luft.«

Quentin stand auf. »Sie zweifeln meine Worte an?«

»Ich zweifle alles an. Absolut alles.«

Violetta war bester Laune und perfekt gestylt. Ihr dichtes schwarzes Haar, das sie auf einer Seite mit einer breiten Hornspange bändigte, fiel auf der anderen in einem dicken, lockigen Zopf über ihre üppige Brust. Ein granatrotes Samtkleid brachte ihre Rundungen gut zur Geltung, und die hochhackigen Stiefeletten aus schwarzem Wildleder, deren Pelzbesatz mit der Farbe ihres Kleides harmonierte, brachten ihr die zusätzlichen Zentimeter, die sie sich wünschte.

Während seine Nachbarin im Schlafzimmer verschwand, um ihren Kindern letzte Anweisungen zu geben, drehte Quentin die Lautstärke seiner Stereoanlage runter, holte eine Flasche Quincy aus dem Kühlschrank und füllte zwei Weißweingläser. Als Violetta wieder auftauchte, hob er das Glas, um auf den Erfolg des Abends anzustoßen. Violetta dankte ihm überschwänglich, trank das Glas in einem Zug aus, warf sich den Mantel um – ein Schmuckstück aus violettem Webpelz – und stöckelte davon. Kaum war sie aus der Tür, kamen zwei kleine Nachtgespenster angerast und schrien: »Quentin, eine Geschichte! Quentin, eine Geschichte!«

# 19

Quentins feines Gehör vernahm das leise Klacken der Wohnungstür und das Geräusch tapsender Schritte. Er drehte sich auf dem Sofa um und schlug die Augen auf. Mitten im Zimmer stand Violetta, die Stiefeletten in der Hand.

»Ich komme Sophie und Marco abholen. Tut mir leid, dass ich dich geweckt habe, ich dachte, du schläfst in deinem Zimmer«, sagte sie verlegen.

»Das hatte ich auch vor, aber die beiden sind in meinem Bett eingeschlafen, als sich die Nonne und der Vampir, in Fledermäuse verwandelt, in die Lüfte erhoben, um Frankenstein zu entfliehen … Ich habe nicht gewagt, sie zu wecken. Ist dein Abend nach Wunsch verlaufen?«

»Super! Ich muss dir alles erzählen. Viel geschlafen habe ich nicht. Ich wecke jetzt die Kinder. Willst du mit uns frühstücken?«

»Einverstanden.« Er würde jetzt sowieso nicht mehr einschlafen können, sagte sich Quentin resigniert.

Den Start in den Tag organisierte Violetta immer mit eiserner Hand. Eine Dreiviertelstunde später verließ sie Quentins Wohnung, im Schlepptau zwei adrette Kinder in gepflegter Schulkleidung. Quentin fahndete nach seinem Handy. Er wollte seine Mutter anrufen und sie fragen, wo Thomas steckte, als es an der Tür klingelte. Rosa und ihr Liebhaber waren ihm zuvorgekommen. Seine Mutter fegte herein wie ein Windstoß in ein Bettlaken, das auf der Wäscheleine trocknet.

»Ich muss dir was erzählen! Wir haben große Neuigkeiten!«

»Guten Tag auch. Es gab im Samaritaine einen siebten Performer«, sagte Quentin, stoisch in seinem Kaffee rührend.

Rosa blieb wie angewurzelt stehen. Quentin empfand eine gewisse Genugtuung – schäbig, das musste er sich eingestehen –, dass er seiner Mutter den Wind aus den Segeln genommen hatte.

»Woher weißt du das?«

»Durch Solveigs Fotografien. Ich habe Brossard getroffen. Aber es bringt uns nicht viel weiter, der siebte Performer ist nicht identifizierbar.«

Quentins Laune war auf einem Tiefpunkt. Beim Aufwachen hatte er das nicht gleich gemerkt. Die Nacht mit den Kindern hatte wie ein Puffer gegen das Unbehagen nach dem Gespräch mit Brossard gewirkt, aber nun kam das ungute Gefühl mit aller Macht zurück.

»Kaffee?«, fragte er in den Raum hinein.

Thomas, der noch kein Wort gesprochen hatte, nickte stumm. Quentin füllte eine Tasse und schob sie dem Amerikaner zu. Er beobachtete ihn verstohlen. Der Freund seiner Mutter wirkte nicht so entspannt wie sonst; allem Anschein nach hatte er schlecht geschlafen. Er hatte etwas von seinem Glanz eingebüßt. Auch Rosa strahlte bei näherer Betrachtung nicht so viel Lebenslust aus wie sonst. Während sie sich einen Orangensaft eingoss, ließ sich Quentin aufs Sofa fallen.

»Schließlich hat Thomas nicht einmal gewusst, welche der zehn Personen, die er kontaktiert hat, an der Performance teilnehmen würden.«

»Sieben haben teilgenommen, von denen sechs identifiziert werden konnten. Das heißt, vier Personen müssen noch gefunden werden«, erwiderte Quentin müde.

Seine beiden Besucher hatten sich zu ihm an den Couchtisch gesetzt. Thomas stellte seine Tasse ab.

»Zwei. Die beiden verbliebenen Frauen hat Brossard befragt,

sie haben anscheinend ein Alibi. Von den zwei Künstlern, die Nummer sieben sein könnten, hat einer heute früh auf die Mail geantwortet, die ich ihm geschickt habe. Er ist gerade am grauen Star operiert worden. Brossard wird das noch überprüfen, aber ich denke, er sagt die Wahrheit.«

»Damit bleibt noch einer.«

»Der Mann lässt sich ›Pain‹ nennen. Wie es aussieht, hat niemand ihn je zu Gesicht bekommen. Er hält seine wahre Identität geheim, kommt zu keiner Ausstellung, sondern lässt sich immer wieder von anderen Personen vertreten, mal von einem Transvestiten, dann von einem Zwerg, von Zwillingsschwestern, einem Blinden oder Promi-Doppelgängern. Seine Ausstellungen sind selten, aber immer interessant. Er zeigt Videos von Gefolterten, verwesende Tierkadaver, Fotocollagen von Blitz-Opfern, Selbstentzündungen, verunstaltete Menschen, Skulpturen aus Müll … Er hat auf Müllkippen, in Schlachthöfen, stillgelegten Fabriken und in der Kanalisation ausgestellt.«

»Hast du seit dem Mord versucht, ihn zu erreichen?«

»Er hat nicht reagiert.«

»Das scheint ja ein sehr spezieller Typ zu sein. Warum hast du ihn zu deiner Performance eingeladen?«, fragte Rosa.

Thomas lächelte. »Ich liebe Herausforderungen. Ich wusste nicht, dass es an jenem Abend ein Problem geben würde.«

»Du nennst einen grässlichen Mord ein Problem?« Rosa starrte ihren Freund entgeistert an.

Quentin hatte keine Lust auf Streit und schaltete sich ein. »Wir müssen den Mann finden«, sagte er pragmatisch. »Vielleicht erfährt man etwas über diesen Pain von den Vermietern der Orte, an denen er bisher ausgestellt hat. Er hat doch sicher auch in Paris oder der näheren Umgebung ausgestellt.«

Thomas' Handy klingelte.

»Hallo? Ja, Lieutenant?«

Quentin und Rosa verstummten.

»In einer Stunde. In Ordnung.« Thomas legte auf und wandte sich an Quentin.

»Er will mich sehen.«

Bevor Thomas zu seinem Gespräch mit Brossard aufbrach, nannte er ihnen die Namen der möglichen Ausstellungsstätten, und Rosa und Quentin recherchierten eifrig im Internet. Sie hatten Erfolg und fanden die Adressen. Rosa war auf einmal wieder munter und tatendurstig, der Knöchel tat ihr nicht mehr weh, und sie konnte es kaum erwarten, aus der lichtlosen, lauten Wohnung herauszukommen.

# 20

Mit dem *Autolib'*, das Quentin von der Carsharing-Station in der Avenue Trudaine geholt hatte, ging es über die Pont de Bercy nach Ivry-sur-Seine. Die Rue Paul Mazy war von alten Wohnblöcken, schäbigen Einfamilienhäusern und leerstehenden Fabrikgebäuden gesäumt. An einem Freitagmorgen wirkte die Banlieue wie ausgestorben, und der graue Himmel verstärkte den Eindruck von dumpfer Tristesse. Das sechsstöckige Gebäude mit der Hausnummer 9 war trotz seiner Baufälligkeit das einzige, von dem noch ein Hauch Lebendigkeit ausging. Der graue Beton der Fassade trug riesige Tags von Sprayern. Quentin und Rosa gingen durch eine offen stehende Gittertür, überquerten eine Fläche, die mit Skulpturen aus recycelten Materialien vollgestellt war, und standen schließlich vor der Eingangstür. Erst nachdem sie diese aufgestoßen hatten, drangen Geräusche an ihre Ohren, die nach menschlichen Aktivitäten klangen. Am Ende einer Betonhalle, in der um die zwanzig Fahrräder standen und deren Wände mit Plakaten aller Art beklebt waren, gähnte sie ein großer, offener Lastenaufzug an.

Da die Geräusche aus den oberen Etagen kommen mussten, betraten Quentin und Rosa den Aufzug, zogen das Gitter zu und drückten auf den Knopf für die erste Etage. Der Fahrstuhl setzte sich gemächlich in Bewegung und hielt auf Höhe eines Treppenabsatzes, von dem drei Doppeltüren abgingen, die ebenfalls weit offen standen. Quentin und Rosa entschieden sich auf gut Glück für den Raum auf der rechten Seite. Dort war die Hälfte des Fußbodens von einer Leinwand bedeckt, um die herum mehrere junge Leute saßen, die etwas darauf malten. Ein rothaariger Mann um die dreißig mit Dreadlocks stand auf und kam ihnen entgegen. Er zog seine von Farbe bekleckstenn Gummihandschuhe aus und streckte ihnen breit grinsend die Hand hin.

»Guten Tag und willkommen! Was verschafft uns die Ehre?«

»Ich heiße Quentin Belbasse, und das ist meine Mutter, Rosa Kontrapunkt.«

Der junge Mann hob interessiert die Augenbrauen. Rosa setzte das bescheidene Lächeln auf, mit dem sie Bewunderer bedachte, die sie erkannt hatten. Aber sie hatte sich getäuscht, denn der junge Mann sagte nur: »Was für ein lustiger Name. Sie sind Deutsche, ja? Letztes Jahr war ich in Berlin. Es war super. Eine geile Zeit.« Rosas Lächeln gefror, aber sie schluckte ihre Enttäuschung gekonnt hinunter.

»Wir sind hergekommen, weil Sie uns vielleicht helfen können. Wir suchen Informationen über einen Künstler, der bei Ihnen ausgestellt hat. Er nennt sich Pain.«

»Pain! Ja, ich erinnere mich. Er hat vor zwei oder drei Jahren hier ausgestellt. Ein echter Könner. Es war eine phantastische Ausstellung, sehr hart, Fotos aus der Gerichtsmedizin. Ehrlich gesagt, stehe ich nicht unbedingt auf so was. Gesehen habe ich ihn nie, er lässt sich immer durch andere vertreten. Wir kennen nicht mal seine Nationalität. Genial, was?«

»Erinnern Sie sich noch, wer ihn hier vertreten hat? Sie müssen doch einen Ansprechpartner gehabt haben.«

»Ja, aber der war maskiert.«

»Maskiert!«

»Genau, wie diese Sadomaso-Typen. Er hatte sogar einen Vinylanzug an. Ich weiß das noch genau, das ist supergut angekommen.«

Quentin und Rosa bedankten sich und kehrten zu ihrem Auto zurück. Der zweite Ort, den sie abklappern mussten, lag in Saint-Denis, in einem Wohngebiet, das dem vorigen sehr ähnelte. Nur die Atmosphäre war eine andere. Um das alte Fabrikgebäude herum herrschte Hochbetrieb. Auf langen Spruchbändern konnte man Forderungen lesen wie: »Unterstützt die Hausbesetzer von Isopart«, »Nein zu den Mördern der Kunst«, »Widerstand gegen Zwangsräumung«.

Quentin parkte den Wagen am Straßenrand und ging, gefolgt von Rosa, auf eine Gruppe junger Leute zu, die Spruchbänder mit ihren Slogans bemalten.

»Guten Tag«, sagte Rosa. »Was ist hier los?«

Eine am ganzen Körper gepiercte junge Frau mit kahl rasiertem Kopf sprang auf.

»Was immer los ist, wenn Künstler einfach nur leben wollen. Die Gemeindeverwaltung will uns rauswerfen, weil die Räume, in denen wir wohnen, angeblich gesundheitsschädlich sind. Das stimmt nicht, das ist ein mieser Trick. In Wahrheit sind wir den Immobilienhaien im Weg, die die Abgeordneten bestochen haben, die sowieso alle korrupt sind.« Sie musste Luft holen und nahm zum ersten Mal wahr, wer ihr gegenüberstand. Sie bekam kugelrunde Augen.

»Rosa Kontrapunkt?«, fragte sie zögernd.

»Leibhaftig«, erwiderte Rosa erfreut.

Die Neuigkeit verbreitete sich wie ein Lauffeuer. Während die Hausbesetzer sich um Rosa drängten, stürzte die junge Frau in die Fabrik hinein und schrie: »Rosa Kontrapunkt ist da und will uns bei unserem Kampf unterstützen!«

Im Handumdrehen kamen um die dreißig Männer und Frauen aus dem Gebäude gelaufen. Rosa war in ihrem Element. Und obwohl Quentin ihr die Freude aufrichtig gönnte, trat er vor Ungeduld von einem Bein aufs andere. Auf diese Weise kamen die Ermittlungen nun wirklich nicht voran. Er überließ Rosa ihrem Geplauder mit den Hausbesetzern und ging selbst in die Fabrik, in der Hoffnung, dort jemanden zu finden, den er nach Pain fragen konnte.

In der riesigen Halle, die sich vor ihm erstreckte, standen mehrere imposante Maschinen, deren Funktion nicht mehr erkennbar war, weil Teile fehlten. Quentin nahm an, dass sie früher zu einem Fließband gehört hatten. Wie die Wände und den Fußboden hatte jemand sie in lebhaften Farben gestrichen, und in ihrem neuen Licht wirkten sie fast heiter. Im Hintergrund der Halle saßen zwei Männer und eine Frau um einen Schreibtisch herum. Einer der Männer, der einen blonden Bart hatte und älter aussah als die beiden anderen, telefonierte und gab dabei Informationen an seine Mitstreiter weiter, die eifrig mitschrieben. Sie wirkten erheblich nervöser als er. Quentin wartete, bis der Bärtige auflegte, dann sprach er ihn an.

»Guten Tag. Ich heiße Quentin Belbasse. Ich weiß, Sie sind sehr beschäftigt, aber ich brauche eine wichtige Information, und Sie können mir vielleicht weiterhelfen. Sind Sie zuständig für die Belegung der Fabrikräume?«

»Ja, bin ich«, bestätigte der Mann und stellte sich als Charlie vor. Er wandte sich an den zweiten Mann, einen kleinen Dunkelhaarigen, der ihn bis eben noch mit einer gewissen Bewunderung angestarrt hatte: »Geh raus und warn die anderen, dass das Polizeipräsidium Spezialeinheiten schickt. Sie sollen die Gitter schließen.«

»Tut mir leid, aber es ist dringend«, fuhr Quentin dazwischen. »Ich brauche Auskünfte über die Identität eines Künstlers, der bei Ihnen ausgestellt hat, ein gewisser Pain. Ich bin kein Polizist, Sie haben in dieser Richtung nichts von mir zu befürchten.«

»Pain! Was soll ich Ihnen über den sagen, niemand weiß, wer er ist, und er strengt sich ja auch gewaltig an, damit das so bleibt.«

»Ich weiß, er lässt sich immer von anderen vertreten. Ich wüsste gern, wer das bei Ihnen war.«

»Weiß ich nicht mehr, ist lange her, zwei Jahre mindestens, wir haben seitdem bestimmt fünfzig Kunstaktionen veranstaltet«, sagte Charlie, den Blick auf die Tür gerichtet, als erwarte er jeden Moment eine heranstürmende Polizeitruppe.

Nun schaltete sich die junge Frau ein, die das Gespräch bisher schweigend verfolgt hatte: »Er war Arzt, das weiß ich noch. Jedenfalls hat er sich als Arzt ausgegeben und sich Doktor nennen lassen.«

»Na, dann haben Sie ja Glück«, sagte Charlie. »Agnès kann Ihnen mehr sagen.« Er griff nach seinem Handy, das schon wieder klingelte. »Ich kann Ihnen nicht weiterhelfen, sorry, muss ans Telefon.« Er lief auf den Eingang zu und ließ Quentin mit der jungen Künstlerin allein. Mit ihrer gelben Latzhose, dem bunt gemusterten Tuch, mit dem sie ihre Locken bändigte, und dem ungeschminkten Gesicht hatte sie etwas Kindliches. Man hätte sie für achtzehn halten können, dabei war sie sicher Mitte zwanzig.

»Dieser ›Doktor‹ hat Ihnen seinen Namen nicht genannt, richtig?«

»Nein.«

»Erinnern Sie sich, wie er aussah?«

»Ungefähr Anfang fünfzig … eher klein, nicht mehr viel Haare auf dem Kopf, Brille. Ziemlich hässlich. Und ein bisschen eklig.«

»Warum?«

»Na ja, er hat alle Mädels angestarrt und sie fotografiert, das fand ich schon heftig. Diese Typen, die sich unter die Künstler mischen, damit sie Frauen abschleppen können, die sie für freizügiger halten als andere, die widern mich echt an. Und so einer war der. Besonders hinter Louise war er her, die hier im Haus gewohnt hat. Sie ist sehr hübsch und ein bisschen durchgeknallt, läuft immer halbnackt rum, also hat er natürlich … Aber ich habe ihn fotografiert. Für den Fall, dass irgendwas Blödes passiert, Sie wissen schon, was ich meine. Außerdem ist das eine Berufskrankheit. Ich fotografiere alle und jeden. Sie übrigens auch. Man muss Spuren bewahren, Spuren des Lebens. Die Leute sterben, und danach ist es so, als wären sie nie auf der Welt gewesen. Wenn ihre Gesichter nicht irgendwo erhalten sind …«

Quentins Herz machte einen Sprung. Endlich etwas Greifbares!

»Sie haben ein Foto von diesem Doktor?«, unterbrach er Agnès.

»Sogar mehrere.«

»Würden Sie sie mir zeigen?«

»Ich muss sie nur finden … kommen Sie mal mit.«

Agnès' Schlupfwinkel lag in der obersten Etage. Eine der Zimmerwände war mit einem Mosaik aus Fotografien dekoriert, schwarzweiß, farbig und in allen möglichen Formaten. Über eine andere Wand, die glänzend weiß lackiert war, zog sich ein wunderschönes Triptychon aus retuschierten Fotocollagen, die ausschließlich aus weiblichen Aktfotos bestanden. In der Mitte des Zimmers ruhte auf Holzböcken eine lange Tischplatte, auf der ein Berg Fotos lag, die vermutlich zu einem Kunstwerk kombiniert werden sollten. Ein alter Ledersessel, zwei Barhocker, ein ausgeklapptes Schlafsofa mit schwarzer Satinbettwäsche und ein einfaches Waschbecken mit einem schmalen Wandspiegel darüber – das war das karge Mobiliar in Agnès' Studio.

»Wie gefallen Ihnen meine Arbeiten?«, fragte die junge Künstlerin, während sie in einem Stapel Fotos wühlte.

Quentin trat näher an die Wand heran. »Sehr schön.« Während er die Collage betrachtete, hörte er immer wieder die Kamera klicken. Agnès hatte ihn bereits verewigt.

»Kennen Sie eine Künstlerin namens Solveig Brenner?«

»Brenner? Ja, natürlich, sie ist sehr bekannt. Ich kenne ihre Arbeiten, aber ich habe sie nie persönlich kennengelernt.« Agnès legte eine Mappe mit der Jahreszahl 2003 vor Quentin auf den Tisch.

»Und Yumiko Katana.«

»Nein, der Name sagt mir nichts. Hier, der ist es!« Agnès deutete auf eine Serie von Polaroid-Fotos, die in ihrer Mappe eine ganze Doppelseite füllten.

»Sieh mal einer an«, entfuhr es Quentin, als er sich die Gesichter näher besah.

»Kennen Sie ihn?«

»Jetzt schon besser.«

Quentin verabschiedete sich und dankte Agnès für ihre Hilfe. Er machte sich eilig auf die Suche nach Rosa, weil er so schnell wie möglich weiterwollte. Er fand seine Mutter in ein lebhaftes Gespräch mit dem Bärtigen verwickelt, umringt von einer Gruppe aufgeregter Hausbesetzer. Sie hielt ein Megaphon in der einen Hand, den Zipfel eines Spruchbands in der anderen, und ihren Kopf zierte ein Stirnband, auf dem in großen Lettern »NEIN« stand. Quentin schlängelte sich durch die Demonstranten, bis er sie schließlich erreichte.

»Da bist du ja«, rief sie ihm ausgelassen zu. »Halt das mal!« Sie drückte ihm das Spruchband in die Hand.

»Rosa, wir müssen weiter, ich habe eine wichtige Information, komm mit.«

»Weiter? Das kommt gar nicht infrage! Wir können diese Künstler nicht im Stich lassen, sie kämpfen so tapfer gegen die Ungerechtigkeit und die Gier der Spekulanten, die die Fabrik räumen und alles zerstören wollen, die Kunst, die Freiheit, die Jugend, die Hoffnung … Jeden Moment kann eine Spezialeinheit der *Flics* anrücken. Die Mächtigen hetzen ihre Hunde auf uns, sie wollen uns schänden, uns davonjagen. Das werde ich niemals zulassen! Ich werde bis zum bitteren Ende an ihrer Seite kämpfen. Mach, was du willst, mein Platz ist hier!«

Quentin, der wusste, wie hartnäckig seine Mutter sein konnte, wenn sie auf verlorenem Posten stand, reichte das Spruchband unauffällig an seinen Nebenmann weiter und ging zur Gittertür, die von zwei stämmigen Hausbesetzern bewacht wurde. Er setzte sich in sein Mietauto und machte sich auf den Weg in Richtung Ringautobahn.

Am frühen Nachmittag traf er Simon Duhesme, der ihn um ein Treffen gebeten hatte, in einer Brasserie neben der Arztpraxis. Duhesme saß an einem Tisch, der ein wenig abseits stand. Das Lokal war fast leer, die Mittagsgäste waren alle schon gegangen.

»Ich höre«, sagte Quentin, der sich dem Arzt gegenübergesetzt hatte.

Duhesme war anzusehen, wie unwohl er sich fühlte.

»Das Gespräch bleibt unter uns, versprechen Sie mir das?«

»Das hängt davon ab, was Sie mir erzählen. Ich werde aber zusehen, dass ich nur das Notwendigste weitergebe.«

»Jeder hat doch so seine kleinen Schwächen, Monsieur Belbasse«, begann der Arzt mit leiser Stimme. »Und auf mich trifft das auch zu!« Quentin glaubte ihm aufs Wort. »Ich habe mit den Jahren eine ausgeprägte Neigung zu Bondage und anderen SM-Praktiken entwickelt ... Und weil ich mich in dieser Szene bewege und im Internet Kontakte gesucht habe, wurde ich eines Tages von Pain angesprochen. Wie Sie wissen, braucht er regelmäßig Personen, die ihn bei seinen Ausstellungen vertreten, und es gibt wenige, die dazu in der Lage sind und zu denen er Vertrauen hat. Ich habe mich gelegentlich dazu bereit erklärt, und im Gegenzug hat er ...« Duhesme stockte und fuhr dann noch leiser fort: »... mir bei der Erfüllung meiner Wünsche geholfen.«

Quentin fragte sich, welche abstoßenden Vorlieben wohl hinter dieser Umschreibung steckten.

»Ich will keinen Ärger, verstehen Sie, deshalb habe ich bisher geschwiegen. Außerdem habe ich nie etwas Unrechtes getan.«

Ein Kellner kam an den Tisch, um ihre Bestellungen aufzunehmen, und unterbrach damit ungewollt Duhesmes Geständnis. Der Arzt bestellte einen Kaffee, und Quentin, der plötzlich merkte, dass er seit dem Morgen nichts gegessen hatte, nahm ein Sandwich und einen Orangensaft. Als der Kellner gegangen war, forderte er den Arzt auf, weiterzusprechen.

»Ihre Motive und Triebe interessieren mich wenig, Monsieur Duhesme, ich wüsste vor allem gern, wo ich diesen Pain finde.«

»Das ist schwierig. Pain ist sehr wendig, und ich bin nicht unbedingt auf dem Laufenden.«

Quentin verschränkte die Finger, stützte die Ellenbogen auf dem Tisch ab und beugte sich vor.

»Hören Sie gut zu, Duhesme, ich bin mir sicher, dass Sie wissen, wo ich Pain finde. Wenn Sie es mir nicht sofort sagen, hetze ich Ihnen Brossard auf den Hals.«

Dass er das früher oder später sowieso tun würde, verschwieg er tunlichst. Doch der Arzt ließ sich offenbar leicht einschüchtern, denn er griff in seine Jackentasche und holte einen Stift und ein kleines Notizheft hervor, aus dem er eine Seite herausriss. Er schrieb eine Adresse darauf, zeichnete eine knappe Skizze dazu und reichte Quentin das zusammengefaltete Blatt.

»Hier. Aber passen Sie auf. Pain ist sehr intelligent und … gefährlich.«

»Machen Sie sich um mich mal keine Sorgen.«

Im 19. und 20. Jahrhundert war das Areal um den Hafen von Pantin ein wichtiges Gewerbegebiet gewesen, bekannt vor allem durch die Lagerhäuser des Chambre de commerce et d'Industrie und die Zollgebäude. Das Gelände wurde nun schon sehr lange nicht mehr genutzt und erinnerte an einen gewaltigen Passagierdampfer, der am Quai auf seine Abwrackung wartete. Der Entwurf für eine neue Nutzung lag sicherlich bereits in einer Schublade, aber bis zu seiner Umsetzung würden noch etliche Jahre vergehen.

Quentin betrachtete im Näherkommen aufmerksam den imposanten Gebäudekomplex, der sich halb verfallen und verwaist vor ihm ausdehnte. Derzeit schien sich niemand für die leerstehenden Räume zu interessieren. Quentin sah keine Zäune, keine Absperrungen, keine Wachposten, keine Hunde. Selbst die zahlreichen Graffiti stammten aus vergangenen Zeiten. Eine Atmosphäre der Verwahrlosung lag über allem, und nur die sporadisch aufbrandenden Verkehrsgeräusche in der Ferne durchbrachen die Stille.

Aus Vorsicht parkte Quentin seinen Wagen gute hundert Meter vor dem Gebäude, das Duhesme ihm beschrieben hatte, und ging zu Fuß in Richtung Quai. Er blieb dicht an der Hausmauer und vermied jedes Geräusch, das seine Anwesenheit hätte verraten können. An der Straßenecke bog er nach rechts ab und ging leise auf den Eingang zu, der zum Kanalufer hin zeigte. Auch hier war alles still. Auf verrosteten Schienen, die in das aufgesprungene Straßenpflaster eingelassen waren, reckten zwei riesige Krane ihre Metallarme in den inzwischen bedeckten Himmel und spiegelten sich in dem grauen, unbewegten Wasser des ehemaligen Hafenbeckens.

Quentin blieb stehen und lauschte. Alles still. Mit klopfendem Herzen wagte er sich in Pains Schlupfwinkel vor. Innen war das Gebäude noch unansehnlicher als außen. Der Fußboden war von Schutt, Glasscherben, Papier- und Stofffetzen übersät. Die Treppen, die zu den Verbindungsstegen in den oberen Etagen führten, waren angerostet und zum Teil eingestürzt. Quentin zog Duhesmes Skizze zurate. Was er suchte, befand sich im Untergeschoss, im Bauch des kolossalen Baus, der ihm immer mehr wie eine feindselige Bestie erschien. Er bog in einen langen Gang ein, an dessen Ende eine Wendeltreppe nach unten führte. Angestrengt spähte er in die Dunkelheit und hatte flüchtig das Gefühl, beobachtet zu werden. Er atmete ein paarmal tief ein und aus und gab sich einen Ruck. Dann schlich er Schritt für Schritt die Treppe hinunter, bis er zwei Etagen tiefer in einen weiteren Gang gelangte, einen engen Tunnel, dessen Wände so nahe beieinanderlagen, dass er sie berühren konnte, wenn er die Arme zur Seite ausstreckte. Der Gang war nur schwach beleuchtet, aber zur Orientierung genügte es. Quentin tastete sich so lautlos wie möglich voran. Von der Decke tropfte es leise auf den feuchten Boden, sonst hörte er nur seine eigenen Schritte. Vor lauter Anspannung glaubte er zu spüren, wie das Adrenalin durch seine Adern rauschte.

Der Flur öffnete sich zu einer großen Halle, die einen fast schockierenden Kontrast zum Rest des Gebäudes bildete. Sie war leer, der blanke Boden bestand aus schwarzem Betonputz, an den Wänden fehlte jeder Schmuck. Plastikröhren mit LED-Lämpchen zogen sich an den Rändern der Decke entlang und verbreiteten ein schwaches rötliches Licht. Quentin durchquerte den Raum und stieg über einen Container, über den man in den nächsten Raum gelangte. Dieser war in Hinsicht auf die Maße mit dem vorigen identisch, nur war er mit so speziellen Gerätschaften ausgestattet, dass man ihm seine Funktion auf den ersten Blick ansah. Auf einer Seite erhoben sich nebeneinander zwei große, freistehende Kreuze, daneben standen mehrere Stahlkäfige unterschiedlicher Größe und ein mit rotem Vinyl überzogener Strafbock. An den Wänden waren große Ringe befestigt, von denen Lederriemen hingen, und Gestelle, auf denen Utensilien für Sadomaso-Praktiken lagen. Die Mitte des Raumes nahm ein eindrucksvoller Sarkophag aus schwarzem Plastik ein, der auf der Höhe der Augen zwei Öffnungen aufwies. Auf beiden Seiten des Sarkophags standen lebensgroße Kunststoffpuppen, die von Kopf bis Fuß in Vinyl gekleidet waren. Quentin überlief ein Schauer. Er bereute bereits, allein hergekommen zu sein. Unsicher ging er auf den Sarkophag zu, um ihn zu öffnen. Kaum hatte er die Hand auf den Griff gelegt, als eine der Plastikpuppen sich auf ihn stürzte und, seine Überraschung ausnutzend, einen Würgegriff ansetzte. Quentin stieß dem Angreifer die Ellenbogen in die Seiten und konnte sich losreißen. Er versetzte ihm einen kräftigen Stoß in die Leber und zielte dann auf den Unterkiefer, aber sein Gegner konnte ausweichen, und Quentins Schlag ging ins Leere. Nun folgte ein gnadenloser Nahkampf, bei dem Quentins Hände immer wieder von dem Vinylanzug abrutschten. Das dumpfe Geräusch der Schläge und der keuchende Atem der Widersacher hallten von den Betonwänden wider. Quentin konnte sich dem Klammergriff, in den ihn der Unbekannte nahm, entwinden und ihn aus dem Gleichgewicht bringen. Der Maskierte prallte mit dem Rücken hart gegen einen der Stahlkäfige, fiel zu Boden und stieß einen wütenden Schmerzenslaut aus. Quentin wollte sich auf ihn werfen, da bekam der Mann einen der Gummiknüppel zu fassen, die an den Gestellen baumelten, und traf Quentin mit voller Wucht am Kopf.

Als Quentin wieder zu sich kam, konnte er sich nicht mehr bewegen. Er war an Händen und Füßen an eines der x-förmigen Kreuze gefesselt, und die Stelle am Kopf, an der ihn der Knüppel getroffen hatte, schmerzte höllisch. Vor ihm auf einem Hocker saß unbewegt Pain, immer noch maskiert, und betrachtete ihn gleichmütig. Zu seinen Füßen lag Quentins zersplittertes Handy.

»Sie können sich gut verteidigen, Monsieur Belbasse, Sie haben mir wehgetan.«

Der Unbekannte hatte eine tiefe, klangvolle Stimme, er sprach langsam und deutlich.

»Das haben Sie doch sicher genossen. Es tut mir leid, dass ich Ihnen Genuss bereitet habe«, keuchte Quentin mühsam.

»Üblicherweise bereite *ich* Genuss, Monsieur Belbasse. Man bezahlt mich sehr gut dafür, ich bin ein Experte auf meinem Gebiet.«

»Sie meinen, irgendeiner muss es ja machen?«

Pain stand langsam auf. »Ich meine, Sie sind ziemlich frech für jemanden, der sich in einer so üblen Lage befindet.«

Er ging zu einem der Gestelle, holte ein Lederband mit einem integrierten Gummiball herunter, trat hinter Quentin und knebelte ihn.

»Das wird Sie daran hindern, weiteren Schwachsinn von sich zu geben.«

Er stellte sich vor den Gefesselten. »Unsere Begegnung neigt sich ihrem Ende zu, Belbasse. Mir bleibt nur noch die Zusicherung, dass Sie mich fälschlicherweise des Mordes an Solveig Brenner verdächtigen. Ich war am Abend ihres Todes am Tatort, aber ich habe sie nicht getötet. Ich bin kein Mörder. Ob Sie mir das glauben oder nicht, spielt keine Rolle, aber Sie würden viel Zeit gewinnen, wenn Sie es täten. Ich wünsche Ihnen eine besinnliche Nacht.«

Mit diesen Worten drehte sich Pain um, ging ohne jede Eile auf den Verbindungsgang zu und verschwand. In Quentins Kopf drehte sich alles.

# 21

»Ich brülle herum, so lange es mir gefällt! Ich befehle Ihnen, Lieutenant Jean-Michel Brossard zu rufen!«

Der nächste spitze Schrei bohrte sich in die Gehörgänge der Umstehenden. Der diensthabende Sergeant fragte sich, warum das Schicksal ausgerechnet ihn mit dieser Irren gestraft hatte. Rosa, an das Gitter der Zelle geklammert, in die man sie gesperrt hatte, trat wütend gegen das Türschloss, während sie gleichzeitig ihren Protest mit einer Dezibelzahl herausbrüllte, die in dieser Polizeiwache noch nie erreicht worden war.

Die Kundgebung vor dem besetzten Haus in Saint-Denis hatte mit dem Sturm der Polizeikräfte geendet, die aus der Schlacht natürlich siegreich hervorgegangen waren und die Demonstranten verhaftet hatten. Die Hausbesetzer waren in einen Polizei-Transporter verfrachtet und zur Wache gekarrt worden, wo man ein Protokoll angefertigt hatte. Rosa hatte sich, wie alle anderen, geweigert, es zu unterschreiben, und sich prompt in einer Zelle wiedergefunden. Sie hatte ihr gesetzlich verbrieftes Recht auf ein Telefonat in Anspruch genommen und Quentin angerufen, ihn aber nicht erreicht. Man hatte ihr untersagt, den Anruf zu wiederholen. Außer sich vor Zorn, hatte sie einen Polizisten gebissen und einen derartigen Aufstand verursacht, dass die Beamten sie weggesperrt hatten. Seitdem hatte sie ihre Wut mit einer ohrenbetäubenden Beharrlichkeit herausgeschrien, dass der an sich unerschütterliche Sergeant schließlich mürbe geworden war, zum Telefonhörer gegriffen und Lieutenant Brossard angerufen hatte.

»Hören Sie auf, so herumzubrüllen, Madame, der Lieutenant ist unterwegs.«

»Ich werde nicht still sein, bis er vor mir steht«, gab Rosa zurück. »Ich vertraue Ihnen keine Spur.« Tapfer kämpfte der Sergeant gegen sein wachsendes Bedürfnis an, der Frau gegen alle Vernunft und Legalität ein paar hinter die Ohren zu geben.

Es war Simon Duhesme, der den bewusstlosen Quentin am nächsten Tag fand. Er band ihn eilig vom Kreuz los. Quentin klappte zusammen wie eine Marionette, der man die Schnüre durchschneidet. Der Arzt streckte ihn auf dem Fußboden aus, nahm ihm den Knebel aus dem Mund und fühlte seinen Puls. Er seufzte erleichtert auf: Quentin atmete noch. Duhesme öffnete sein Köfferchen, holte eine kleine Taschenlampe heraus und richtete den Lichtstrahl auf die fiebrig glänzenden Augen, die ihn nicht wahrzunehmen schienen.

»Monsieur Belbasse! Monsieur Belbasse!« Er tätschelte ihm die Wangen. »Ich bin's.«

Quentin stöhnte leise auf und versuchte, den Blick zu fokussieren. Auf Duhesmes Arm gestützt, richtete er sich mühsam ein paar Zentimeter auf.

»Sachte, sachte«, mahnte der Arzt und half ihm behutsam auf den Hocker.

Er holte ein Fläschchen aus dem Arztkoffer.

»Hier, trinken Sie das. Schön langsam …«

Quentin nahm gehorsam ein paar kleine Schlucke. Der Arzt untersuchte seine blutig gescheuerten Handgelenke. Anscheinend hatte er im Laufe der Nacht versucht, seine Fesseln abzustreifen.

»Ich gebe Ihnen jetzt eine Spritze, die Ihnen auf die Beine hilft, und verbinde Ihre Handgelenke.«

»Wie haben Sie mich gefunden?«, krächzte Quentin mit einer Stimme, die kaum noch menschenähnlich klang. Er trank noch einen Schluck Wasser und räusperte sich.

»Pain hat mir eine Nachricht geschickt und gedroht, sich wegen meines Verrats zu rächen. Da habe ich begriffen, dass Sie in Gefahr sind.«

»Das sind Sie jetzt auch.«

»Werden Sie laufen können?«

Quentin richtete sich stöhnend auf. »Gehen wir.«

Er wusste, dass er keinen schönen Anblick bot, aber wenigstens kehrten seine Kräfte zurück. Während der Autofahrt war ihm nicht nach Reden zumute, und auch Duhesme schwieg. Am Square d'Anvers angekommen, bot der Arzt Quentin an, ihn bis in seine Wohnung zu begleiten, aber Quentin winkte ab.

»Danke, es geht schon. Erzählen Sie vorläufig keinem, was passiert ist. Und passen Sie auf sich auf.«

Duhesme lächelte schief, reichte Quentin eine Schachtel Medikamente und ließ den Motor an.

Quentin schleppte sich die Treppe hoch, ans Geländer gekrallt wie ein alter Mann. Als er sich das letzte Mal fast auf allen vieren hier hochgequält hatte, war er sturzbetrunken gewesen.

In seinem dämmrigen Wohnzimmer zog er als Erstes seine verklebten Kleider aus, die nach Blut und Pisse stanken, und stellte sich unter die Dusche. Dort blieb er eine geschlagene Viertelstunde. Seine Handgelenke und Knöchel brannten wie Feuer, überall an seinem Körper entdeckte er Blutergüsse. Er schrubbte trotz der Schmerzen seine Haut mit einer Vehemenz und Gründlichkeit, als müsse er ein Objekt zweifelhafter Herkunft säubern. Doch was er nicht abwaschen konnte, war die Scham darüber, dass er sich wie ein blutiger Anfänger hatte in die Falle locken lassen. Aus Sturheit und Hochmut hatte er einen elementaren Fehler begangen – er hatte seinen Gegner unterschätzt. Hätte Pain es darauf angelegt, hätte er ihn töten können. Aber war Pain deshalb der Mörder von

Solveig? Dafür gab es keinen Beweis. Der Modus Operandi war radikal anders, hier eine brutale Inszenierung der Gewalt, dort ein kalt geplanter Giftmord. Wahrscheinlich war Pain ein gefährlicher Perverser, aber kein Mörder. Und sollte sich diese Hypothese als wahr erweisen, war die Geschichte eine Gleichung mit zwei Unbekannten, zwei Personen, vor denen man in höchstem Maß auf der Hut sein musste.

Beim Verlassen der Dusche fiel Quentins Blick in den Wandspiegel. Er erkannte sich selbst kaum wieder: Ein bleiches Gesicht mit tief eingesunkenen, blutunterlaufenen Augen blickte ihm entgegen. Glücklicherweise hatte er keine Zeit, sich bei seinen Wunden aufzuhalten. Wenn er rechtzeitig in der Saint-Germain-l'Auxerrois sein wollte, durfte er keine Minute verlieren. Er schluckte eine Doliprane und aß ein Stück altes Brot, griff nach seinem Zigarettenpäckchen und eilte aus der Wohnung. Um Viertel vor fünf war er mit Rosa in einem Café in der Rue de Rivoli verabredet. Es dauerte geschlagene zehn Minuten, bis er ein freies Taxi fand, sodass er erst um Punkt fünf die Tür zum Café aufstieß. Rosa erwartete ihn an der Theke. Sie trug denselben Hut und Mantel wie beim vorigen Mal. Aus der Ferne konnte man sie ohne weiteres für Solveig Brenner halten. Sie war fuchsteufelswild. »Wo hast du denn gesteckt, Himmel noch mal«, fuhr sie ihn postwendend mit einer Stimme an, die durch ihr Geschrei auf der Wache sehr gelitten hatte.

Quentin küsste sie flüchtig auf die Wange und antwortete nicht. Sie legte ein paar Münzen auf die Theke und hastete zum Ausgang. Quentin folgte ihr.

»Ich bin verhaftet worden, und du kommst zu spät!«, warf sie ihm im Gehen vor. »Kannst du dir vorstellen, was ich für eine Nacht hinter mir habe?«

Weil der große Hut ihr halbes Gesicht verdeckte, konnte man nicht erkennen, welche Spuren der Polizeigewahrsam hinterlassen hatte.

»Zum Glück hat mir dein Brossard am Ende geholfen, denn hätte ich auf meinen Sohn gewartet, hätte ich lange warten können! Drei Mal habe ich dich angerufen!«

»Ich habe kein Handy mehr«, erwiderte Quentin kurz angebunden und legte einen Zahn zu.

Rosa, die noch ein wenig humpelte, konnte kaum Schritt halten.

»Was hast du damit angestellt?«

»Das erkläre ich dir später.«

Rosa runzelte die Stirn und blickte ihn prüfend von der Seite an, aber sie bohrte nicht weiter, denn sie standen vor dem Kirchenportal und mussten sich auf ihre Mission konzentrieren. Hoffentlich würden sie die Person nicht noch einmal verfehlen, mit der sich Solveig Brenner verabredet hatte. Sie mussten so unauffällig wie möglich vorgehen. Sobald sie die Kirche betreten hatten, trennten sie sich. Rosa setzte sich in dieselbe Bank wie beim ersten Mal. Quentin nahm seinen Beobachtungsposten an der Säule ein.

Die Vorbereitungen für die Achtzehn-Uhr-Messe waren in vollem Gang. Männer in Soutanen kamen und gingen, Nonnen erschienen auf leisen Sohlen, der Küster trug Gegenstände für den Gottesdienst herbei, flüsternd wurden Absprachen getroffen. Es saßen noch nicht viele Besucher in den Bänken, aber einer der Pfarrer nahm bereits die Beichte ab, und mehrere Personen warteten geduldig, bis sie an der Reihe waren. Wie vor jeder Messe spürte man eine leichte Anspannung im Raum. Alle Vorbereitungen gingen gedämpft vor sich, wie es der Respekt vor dem Ort gebot. Es war genauso kalt wie beim letzten Mal.

Rosa nahm ihre Pose andächtiger Versenkung ein. Quentin ließ seinen Blick durch das Kirchenschiff schweifen und massierte sich dabei die schmerzenden Handgelenke. Er fühlte sich nicht gut und machte sich Vorwürfe. Pain war ihm entkommen, versteckte sich, lauerte ihm womöglich auf und konnte jeden Moment wieder zuschlagen. Brossard hatte recht: Jeder, der zu Solveigs Umfeld gehörte, war verdächtig. Sie hatte sich mit ziemlich eigenartigen Figuren abgegeben. Sicher, wenn man tief genug in der Vergangenheit wühlte, fand man im Leben aller Menschen irgendwo falsche Freunde, Lügen und Neid. Und dass unter Künstlern exzentrisches Verhalten, psychische Störungen und bizarre Neigungen besonders häufig vorkamen, war nicht neu, aber unter den Performern herrschte eine besonders frostige Atmosphäre, und gleichzeitig waren sie alle auf ganz unterschiedliche Weise miteinander verstrickt. Ein Spinnennetz aus nahezu unsichtbaren, aber sehr fest geknüpften Fäden.

Quentin blickte auf seine Uhr. Siebzehn Uhr vierundzwanzig. Hatte er sich bei seinen Berechnungen schon wieder geirrt? Oder hatte der Absender der Karte die Falle gewittert? Rosa schien sich ähnliche Gedanken zu machen, denn sie hob den Kopf und warf ihm einen fragenden Blick zu. Quentin hob die Schultern. Um mit seiner Reglosigkeit keinen Verdacht zu erregen, ging er zu dem Kerzenständer hinüber, nahm ein Votivlicht und kramte in den Hosentaschen nach Kleingeld. Er zündete die Kerze an und stellte sie zu den vielen anderen, die bereits brannten. Als er aufblickte, sah er sie.

Es bestand kein Zweifel. Eine zierliche Frau mit dunklem, schulterlangem Haar, die einen langen, schwarzen Mantel trug, ging den Mittelgang entlang, den Blick auf Rosas Rücken geheftet. Als sie hinter ihr stand, tippte sie ihr auf die Schulter. Rosa fuhr zusammen und drehte sich um. Die dunkelhaarige Frau wich zurück, murmelte eine Entschuldigung und wollte den Rückzug antreten, doch Quentin verstellte ihr den Weg.

»Könnte ich Sie kurz sprechen?«

»Ich bin verabredet«, stammelte die Unbekannte.

»Ja, ich weiß. Gehen wir hinaus.«

Er nahm die Frau leicht am Arm und führte sie zum Ausgang. Die Unbekannte ließ es zu. Rosa folgte ihnen.

»Sagen Sie mir doch bitte, was Sie von mir wollen«, bat die junge Frau, als sie auf dem Kirchenvorplatz standen. Ein kalter Windstoß hob ihren Mantelsaum, und sie erschauerte.

»Wir würden uns sehr gern an einem ruhigen Ort mit Ihnen unterhalten, Mademoiselle.«

»Madame. Francescas. Nathalie. Sagen Sie mir um Himmels willen, was los ist!«

»Sie sind mit Solveig Brenner verabredet, aber sie wird nicht kommen.«

Nathalie Francescas blickte unsicher von Quentin zu Rosa. Sie wirkte verängstigt, stellte aber keine weiteren Fragen. Hatte sie Angst vor schlechten Nachrichten? Quentin wusste nicht weiter. Er hatte keine Zeit gehabt, sich auf die Situation vorzubereiten. Wie sollte er über Solveig Brenners Tod sprechen? Er hatte den Absender der Postkarten finden wollen, um ihn zu befragen, aber nicht bedacht, dass er einem Menschen, der die Tote sehr gut gekannt hatte, erklären musste, was vorgefallen war.

Rosa kam ihrem Sohn zu Hilfe. »Madame Francescas, ich heiße Rosa Kontrapunkt, ich bin eine Freundin von Solveig Brenner. Es wäre wirklich wünschenswert, wenn wir dieses Gespräch an einem Ort ohne Zeugen fortsetzen könnten.«

Sie sah sich um, aber auf dem Vorplatz gab es keine Stelle, die sich für eine so heikle Unterredung anbot. Immer mehr Gläubige strömten zur Messe. Wie jeden Samstagabend kreisten die Autos Stoßstange an Stoßstange um den Platz. Die Frau bemerkte nichts von alledem.

»Ist sie tot?«

Quentin und Rosa nickten stumm. Madame Francescas wankte, als hätte ihr jemand einen heftigen Schlag versetzt.

»Kommen Sie mit uns mit. Wir gehen zu meinem Sohn. Dort haben wir mehr Ruhe.«

Die schreckliche Nachricht hatte Francescas so mitgenommen, dass sie keinerlei Widerstand leistete, als Rosa sie am Arm nahm und zu einem Taxi führte. Während der Fahrt durch die dämmrigen Straßen der herbstlich kühlen Stadt sprach keiner von ihnen ein Wort.

# 22

Nathalie Francescas akzeptierte den Cognac, den Rosa aus den Tiefen des Küchenschranks hervorgeholt hatte. Wie sie da auf dem Sofa saß, wirkte sie noch schmaler als in der Kirche. Sie war um die vierzig und hatte auffällig fein gezeichnete Lippen und Mandelaugen von einem fast golden schimmernden Braun. Die roten Flecken am Hals, die verrieten, wie erschüttert sie war, taten ihrer Schönheit keinen Abbruch. Sie weinte nicht. Sie stellte keine Fragen. Sie wirkte abwesend, leer, wie eine Puppe aus einem makabren Theaterstück. Quentin hatte sich ebenfalls einen Cognac eingeschenkt, und Rosa trank mit kleinen Schlucken einen Kräutertee.

»Solveig wurde ermordet«, sagte sie schließlich. »Ich habe ihren Tod miterlebt … das heißt, beinahe.«

Nathalie starrte sie entsetzt an. »Wer ist denn zu so etwas imstande?«

»Das wissen wir vorläufig noch nicht, aber wir werden es herausfinden«, versicherte Quentin. »Alle Hebel wurden in Bewegung gesetzt, um den Täter zu finden.« Kaum hatte er die Worte ausgesprochen, da fiel ihm auf, wie hohl sie klangen. Die leeren Floskeln waren nicht im Mindesten dazu geeignet, Schmerz zu lindern.

So schonend wie möglich berichtete Rosa vom Tod der Fotografin, wobei sie die grausamen Details aussparte. Als sie fertig war, liefen Nathalie die Tränen über die Wangen. »Ich wusste, dass sie Herzprobleme hatte. Sie hat regelmäßig ihre Medikamente genommen.«

»Demnach kannten Sie sich gut?«, warf Quentin ein.

Die dunkelhaarige Frau warf ihm einen misstrauischen Blick zu. »Wir waren Freundinnen.«

»Schon lange?«

»Seit ungefähr drei Jahren. Wir haben uns auf einer Reise in die Türkei kennengelernt. Mein viel beschäftigter Mann ist vor mir zurückgefahren. Ich bin mit den Kindern noch eine Woche geblieben, weil es uns am Meer so gut gefiel. Ich leite eine kleine Buchhandlung, deshalb kann ich mir meine Zeit einteilen. Solveig hatte eine Foto-Ausstellung im Centre Culturel von Antalya. Wir sind bei der Vernissage ins Gespräch gekommen. Ihre Arbeiten haben mir sehr gefallen. Wir haben uns gut verstanden und waren uns gleich sympathisch.«

»Und in Paris haben Sie sich dann wiedergesehen«, stellte Quentin fest.

»Richtig.«

»Sie haben eine merkwürdige Art, miteinander zu kommunizieren.«

Nathalie zögerte einen Moment. »Solveig liebte Spiele und Inszenierungen. Sie verabscheute jede Art von Banalität.«

Rosa, die sich in dieser Charakterisierung wiederzuerkennen schien, nickte eifrig, Quentin dagegen war nicht ganz zufrieden mit der Antwort. Als Erklärung schien sie ihm etwas zu dürftig.

»Können Sie uns irgendetwas sagen, was uns bei den Ermittlungen helfen könnte?«, fragte er behutsam.

»Das verstehe ich nicht. Sie sind doch nicht von der Polizei?«, wandte Nathalie schüchtern ein.

»Die Polizei führt ihre eigenen Ermittlungen durch, der verantwortliche Kommissar ist ein Freund meines Sohnes«, warf Rosa rasch ein. »Quentin ist ein großartiger Detektiv. Es ist ein Naturtalent und hat seine Fähigkeiten schon mehrfach gewinnbringend unter Beweis gestellt.« Der großartige Detektiv starrte seine Mutter verblüfft an. Der Stolz in ihrer Stimme war echt, auch wenn sie mit der Anzahl seiner Erfolge übertrieb. Nathalie nickte, schien sich aber nicht ganz sicher zu sein, ob sie auf Quentins letzte Frage nun antworten sollte oder nicht. Nach einer Weile sagte sie unschlüssig: »Ich wüsste nicht, was.«

»Hatte sie Feinde? Sie war schön, talentiert, wurde beneidet.«

»Das ist richtig, aber ich kann mir wirklich nicht vorstellen, wer zu einer so entsetzlichen Tat fähig wäre.«

Ihre Augen füllten sich mit Tränen. Rosa reichte ihr eine Schachtel Papiertaschentücher und gab ihrem Sohn ein verstecktes Zeichen, nicht weiter zu bohren. Sie bot Nathalie ein zweites Glas Cognac an, aber die Buchhändlerin lehnte ab. Sie atmete ein paarmal tief durch, dann stand sie auf. »Ich möchte jetzt lieber gehen. Ich muss allein sein. Ich fühle mich immer noch wie unter Schock.«

Quentin bot an, sie nach Hause zu begleiten, aber sie wollte lieber ein Taxi nehmen. Plötzlich schien sie es sehr eilig zu haben. Sie schrieb ihre Privatadresse und die ihrer Buchhandlung auf, die in einer Nebenstraße der Rue de Rivoli lag, griff nach ihrer Handtasche und ging.

»Ich hatte einen Mann erwartet«, sagte Quentin, als die Tür hinter ihr ins Schloss gefallen war. »Ich hätte darauf geschworen. Was nur wieder mal beweist, dass unsere Gewissheiten …«

Er konnte den Satz nicht beenden, denn Rosa stürzte zu ihm, griff nach den Ärmeln seines Hemds und zog sie zurück, um die Blutergüsse an seinen Handgelenken besser begutachten zu können.

»Was ist denn da passiert?«, fragte sie, auf einmal ganz fürsorglich. »Du hast mir gar nichts davon erzählt! Bist du misshandelt worden? Verprügelt? Von wem?«

»Ich bin in eine Falle getappt.« In wenigen Sätzen schilderte Quentin die Ereignisse des Vorabends, die dazu geführt hatten, dass er eine Nacht ans Kreuz gefesselt verbracht hatte. Er war immer noch miserabler Laune.

»Wenn ich das gewusst hätte …«, entgegnete seine Mutter entsetzt. »Vielleicht solltest du damit aufhören.«

»Womit aufhören? Zigaretten, Alkohol, Frauen?«

»Mit der Ermittlung natürlich. Sie ist zu gefährlich.«

Quentin würdigte seine Mutter keiner Antwort. Es war doch immer dasselbe – man durfte mit der eigenen Mutter nie über das sprechen, was man wirklich dachte und tat. Ganz gleich, wie freigeistig diese Mutter war. Man musste sich auf Themen wie das Wetter, die Ernährung oder die neuesten Ausstellungen beschränken. Maximal. Nur das Allerunverfänglichste.

»Es war doch dein Mist, durch den ich in diese Geschichte reingezogen wurde«, maulte er, seinen gerade gefassten Entschluss ignorierend, und streckte sich auf dem Sofa aus. Er war todmüde, und alle Knochen taten ihm weh. Er sehnte sich nach einer Zigarette, aber die Schachtel lag außerhalb seiner Reichweite auf dem Tisch, und er hatte keine Kraft mehr, den Arm auszustrecken. Rosa folgte seinem Blick und begriff. Sie stand auf, zündete eine Zigarette an und steckte sie ihm zwischen die Lippen. Eine solche Geste hatte er noch nie von ihr erlebt. Kommentarlos schob sie ihm den Aschenbecher hin. Quentin rauchte stumm.

»Was mich am meisten ärgert«, sagte er nach einer Weile, »ist, dass ich im Grunde keinen Schritt weitergekommen bin. Ich habe den Eindruck, dass ich mich ständig aufs Kreuz legen lasse und im Kreis drehe. Ich hatte mir von der Begegnung mit dem Absender der Postkarten so viel erwartet. Zu viel vielleicht.«

Rosa hob mechanisch eine Zeitschrift auf, die auf den Fußboden gerutscht war, und betrachtete das Cover. Es zeigte eine Heavy-Metal-Band, deren Name seit ein paar Wochen in aller Munde war. Junge Männer mit nacktem Oberkörper und zerrissenen Jeans hielten ihre Instrumente hoch und streckten dem Betrachter die Zunge heraus. Oben auf der Seite prangte in zerfließender Frakturschrift der Name der Band: »DNA«. Rosa legte die Zeitschrift auf den Couchtisch zurück.

»Quentin!«

Der Angesprochene knurrte unwillig, in finstere Gedanken versunken.

»Wir müssen in Solveigs Arbeiten suchen. Wir haben sie bisher nicht genügend beachtet. Ich habe mich gerade an etwas erinnert. Eine Ausstellung, die sie vor bestimmt zehn Jahren hatte. Sie hieß auch ›DNA‹. Sie hat darin die Unterhose ausgestellt, die während der Vergewaltigung besudelt wurde.«

»Oder irgendeine andere Unterhose, von der sie behauptet hat, es sei die gewesen, die sie bei ihrer Vergewaltigung getragen hat«, gab Quentin sarkastisch zurück.

»Vielleicht. Aber es gab da auch einen DNA-Test, das heißt, eine Aufnahme von dem Test. Es war ein Diptychon.«

Quentin stützte sich auf einem Ellenbogen auf.

»Sie hat den Test machen lassen, sobald es möglich war. Als sie vergewaltigt wurde, konnte man die DNA noch nicht isolieren. Ein paar Jahre später ging das. Sie hat ihn extra für ihre Ausstellung machen lassen.«

Quentin ließ sich zurücksinken. »Und woher weißt du das?«

»Es gab damals einen langen Erläuterungstext.«

Quentin verzog das Gesicht. Typisch. Die zeitgenössische Kunst kam nie ohne ellenlange Erläuterungen aus. »Und wann hat diese Ausstellung stattgefunden?«

»Das weiß ich nicht mehr so genau. Ich muss suchen. Aber das Foto müsste irgendwo unter ihren Sachen sein.«

»Ehrlich gesagt, weiß ich nicht, wozu das gut sein soll«, sagte Quentin verdrossen. »Es ist alles so lange her, und ich sehe keine Verbindung zu ihrem Tod, aber ruf meinetwegen Brossard an und sag ihm, er soll auf dem Hausboot danach suchen.«

# 23

Trotz der Albträume, die ihn in der Nacht geplagt hatten, fühlte sich Quentin am nächsten Morgen einigermaßen wiederhergestellt. Der abendliche Trübsinn war einem hektischen Tatendrang gewichen. Er hatte immer noch das ungute Gefühl, dass ihn eine oder mehrere Personen an der Nase herumführten, aber er war entschlossen, das nicht länger hinzunehmen. Halb angezogen, wählte er Brossards Nummer. Es war an der Zeit, die Karten auf den Tisch zu legen, auch wenn ihm das nicht behagte. Doch der Lieutenant war nicht zu sprechen. Quentin hinterließ ihm eine Nachricht, in der er mit wenigen Worten seine Abenteuer mit Pain und Duhesme skizzierte. Die Falle, die seine Mutter und er Nathalie Francescas gestellt hatten, erwähnte er nicht. Das würde er ihm in einem persönlichen Gespräch erläutern.

Während er Salbe auf seine Handgelenke strich, warf er einen schuldbewussten Blick zu seinen Gitarren hinüber, die geduldig auf ihren Ständern ruhten. Sie würden noch eine Weile warten müssen. Begleitet vom Lärm des Dampfdruckreinigers, verließ er die Wohnung.

Vor dem Collège Jacques Decour blockierten Trauben von Schülern den Gehweg. Sie gestikulierten, rauchten, lachten und rannten kreischend hintereinander her. Die Mädchen hatten lange Haare und kurze Röcke, trugen löchrige schwarze Netzstrumpfhosen und hatten sich die Lippen in unterschiedlichen Rottönen geschminkt. Die Jungen, denen ihre Haarsträhnen ins

Gesicht hingen, gaben sich so große Mühe, cool zu sein, dass sie wie Schlafwandler aussahen. Quentin spürte die Blicke der Mädchen, die ihn in Gedanken auszogen, und die der Jungen, die sich mit ihm maßen. Er fühlte sich als Objekt von Begehrlichkeiten und Phantasien und sonnte sich eine Weile in diesem Gefühl, bis ihm bewusst wurde, dass es nicht seine Attraktivität sein konnte, die Wünsche weckte, sondern sein Alter, seine Erfahrung.

Begehren, immer lief alles auf Begehren hinaus. Der Wunsch nach einem Kind und die permanente Lust am Verführen, das passte nicht zusammen. Und doch hatte Solveig Brenner beides in sich vereint: Sie war eine Verführerin, um nicht zu sagen Femme Fatale, deren größter – und vielleicht auch geheimster – Wunsch es war, ein Baby zu bekommen. Eine Frau mit Herzproblemen. Empfindlich und dominant. Verletzt und verletzend. Sie mussten so schnell wie möglich den Vater des Kindes aufspüren, er war definitiv eine Schlüsselfigur. An Personen, die sich ihm entzogen, mangelte es in dieser Geschichte nicht. Pain, der Unbekannte, der ins Hausboot eingedrungen war, die Performer und der Vater des Kindes.

Wo steckte Rosa? Sie hatte sich seit dem Abend nicht mehr gemeldet. Wahrscheinlich wühlte sie in Archiven und ging Brossard auf die Nerven. Hatte sie nicht gesagt, sie werde Pierre besuchen und in der Kunstzeitschrift *Art à part* etwas nachsehen? Irgendetwas in dieser Art. Quentin erinnerte sich nicht mehr genau. Er hatte nur mit halbem Ohr zugehört.

Wieso hatte er nicht wenigstens die Identität des Mannes herausbekommen, über den sie vor dem Hausboot gestolpert waren? So leichtfüßig, wie er davongerannt war, musste er noch ziemlich jung sein. Das schloss Pierre aus, der immerhin schon sechzig war, auch wenn er sich gut gehalten hatte. Außerdem war er kein Motorradfahrer. Blieb Simon Duhesme, dem Quentin alles zutraute, der aber deutlich korpulenter war als der Mann, den er verfolgt hatte. Die letzten auf seiner Liste waren Pain und

Victor Rochard. Nur Rochard hatte das erforderliche Alter und die richtige Statur.

Quentin machte einen Abstecher ins Erdgeschoss eines Kaufhauses, bevor er den Weg zur Wohnung des Doktoranden einschlug. Ausnahmsweise hatte er Glück. Als er den Parc Monceau hinter sich gelassen hatte, in dem trotz der herbstlichen Kühle viele Jogger unterwegs waren, und in die Avenue Hoche einbog, sah er, wie Rochard aus der Haustür trat und mit schnellen Schritten in Richtung Arc de Triomphe lief. Er trug Kopfhörer über seiner schwarzen Wollmütze und war von dem, was er hörte, so absorbiert, dass er nicht auf seine Umgebung achtete. Sonst hätte ihm Quentin auffallen müssen, der sich, kaum zwanzig Meter von ihm entfernt, eilig hinter einen Zeitungskiosk zurückzog. Er blätterte in einem Männermagazin und tat so, als interessiere er sich für die aktuell stylischste Frisur und die angesagtesten Bärte. Als Victor aus seinem Blickfeld entschwunden war, kaufte er eine *Libération* und ging auf das Gebäude zu, das der junge Mann gerade verlassen hatte. Die Haustür stand offen und die Concierge machte sich im ersten Hof, in dem mehrere Fahrzeuge parkten, an den Mülleimern zu schaffen. Als Quentin an ihr vorbeiging, grüßte er höflich, aber sie reagierte nicht, zu sehr darauf konzentriert, aus einem der Behälter große Pappkartons zu zerren, die sie sorgfältig zerriss, um die Fetzen in einen Container für Verpackungsmüll zu werfen.

»So schwer kann das doch nicht sein!«, murrte sie. »Selbst Analphabeten kapieren das doch, schließlich kleben auf den Tonnen Bilder von den Sachen, die man reinwerfen soll, aber nein, die Leute kümmern sich nicht drum. Sie geben sich überhaupt keine Mühe. Überhaupt keine.«

Quentin entwischte in den zweiten Hof, von dem aus man zu Rochards Wohnung gelangte. Als er gerade die schwere Haustür aufdrücken wollte, bemerkte er aus dem Augenwinkel einen letzten Hof. Er war zu klein, als dass Autos in ihm Platz gehabt hätten, und deshalb für Zweiräder reserviert. Quentin zählte um die zwanzig Fahrräder, Motorroller und Motorräder. Eines der Motorräder war eine schwarze Ducati 900 SS, die genauso aussah wie das Motorrad, mit dem der Mann vom Hausboot davongerast war. Quentin traute seinen Augen nicht. Endlich lächelte ihm das Schicksal einmal zu! Wenn dieses Motorrad tatsächlich Rochard gehörte, war er der Mann vom Hausboot. Quentin fiel ein Stein vom Herzen. Nach all den Misserfolgen der letzten Zeit gab es endlich einen Funken Hoffnung. Zwar würde es noch nicht erklären, welche Rolle der junge Wissenschaftler beim Mord an Brenner gespielt hatte, aber falls ihm das Motorrad gehörte, konnte man davon ausgehen, dass er gelogen hatte.

Quentin betrat das Haus und nahm den Aufzug bis zu der Etage, in der die Rochards wohnten. Oben klingelte er entschlossen an der Wohnungstür. Er wusste noch nicht genau, wie er das Gespräch führen würde, aber dass Victors Mutter ihm Aufschluss über die Persönlichkeit ihres Sohnes geben konnte, stand für ihn außer Frage. Doch in der Wohnung rührte sich nichts. Er drückte noch einmal ausdauernd auf den Klingelknopf. War die alte Frau schwerhörig? Wieder keine Reaktion. Victors Mutter musste zu Hause sein, sie ging nie aus. Das hatte ihr Sohn doch erzählt. Eigentlich hätte Quentin jetzt aus Höflichkeit aufgeben müssen. Zweimal kräftig klingeln war genug. Die Person in der Wohnung, falls sie sich in ihr aufhielt, hatte eindeutig signalisiert, dass sie nicht gestört werden wollte. Doch Quentin ertrug es nicht mehr, ständig gegen eine Mauer des Schweigens und der Lüge zu rennen. Er drückte ein drittes Mal auf die Klingel, und diesmal meinte er, ein leises Geräusch zu hören. Auf der Höhe des Türspions blitzte ein Licht auf. »Öffnen Sie bitte, Madame.«

Wie gut hatte es Brossard, der einfach nur »Polizei!« rufen musste und damit in kürzester Zeit alle Türen öffnete. Quentin musste Argumente zu Hilfe nehmen. »Ich habe vor ein paar Tagen Ihren Sohn besucht, erinnern Sie sich? Ich habe seine Motorradhandschuhe.« Er schwenkte die Handschuhe vor dem Türspion. »Er hat sie vergessen, und ich möchte sie ihm zurückbringen.«

»Mein Sohn ist nicht da, und ich kann keine Besucher empfangen«, erklärte eine schwache, aber resolute Stimme. Quentin ließ sich nicht beirren und blieb einfach stehen. Nach einer Weile hörte er, wie sich ein Schlüssel im Schloss drehte und eine Kette ausgehakt wurde. Auf der Schwelle stand eine zarte Gestalt mit allzu perfekt frisierten, hellblonden Haaren, in einem Hauskleid aus champagnerfarbener Spitze. Aus grauen Augen musterte sie Quentin aufmerksam, und dieser beeilte sich, sein vertrauenerweckendstes Lächeln aufzusetzen.

»Besten Dank, Madame. Das ist wirklich sehr liebenswürdig. Ich bleibe nicht lange. Ich möchte Sie auf keinen Fall stören.«

»Mein Sohn hat Ihnen sicher gesagt, dass ich nicht gesund bin.«

»Victor ist ein wunderbarer Sohn, und er liebt Sie sehr. Aber bleiben wir nicht in der Tür stehen, sonst laufen Sie womöglich Gefahr, sich zu erkälten.«

Madame Rochard zögerte. Ihre Gesichtszüge wirkten erstarrt, und ihre von Natur aus blasse Haut, die wohl viel zu selten dem Tageslicht ausgesetzt wurde, war zart, fast durchscheinend. Nach ein paar Sekunden setzte sich die Neugier durch, und die alte Dame erlaubte ihrem Besucher, in die Diele zu treten. Aber auch dort ließ sie ihn nicht aus den Augen.

»Hier sind die Handschuhe Ihres Sohnes, er hat sie bei mir vergessen«, sagte Quentin und reichte ihm das Paar, das er gerade im Kaufhaus erstanden hatte. »Ich dachte mir, dass er bestimmt froh wäre, sie bald wiederzuhaben.«

»Er fährt um diese Jahreszeit nie Motorrad. Ich habe mich ausdrücklich dagegen ausgesprochen. Er könnte dabei umkommen. Momentan fährt er ausschließlich mit der Metro oder dem Taxi. Ich verstehe nicht, wie er seine Handschuhe verlegen konnte, er ist sehr gewissenhaft und verliert nie etwas, ganz anders als sein Vater, der immer alles verloren hat, aber …«

Quentin lächelte betont verständnisvoll.

»Victor hat nicht viele Freunde. Er wird zu sehr von seinem Studium und seiner Arbeit in Anspruch genommen. Von Ihnen hat er nie gesprochen!«

»Oh, entschuldigen Sie meine Unhöflichkeit. Quentin Belbasse. Unsere Wege haben sich erst kürzlich gekreuzt. Ich mag Ihren Sohn sehr. Er ist ein … sehr interessanter Mensch.« Er hielt der alten Dame die Hand hin und fragte sich, ob er es vielleicht übertrieb, aber seine Charme-Offensive schien endlich Früchte zu tragen.

Madame Rochard öffnete die Tür zum Salon. »Kommen Sie doch herein. Wir müssen ja nicht in der Diele stehen bleiben. Ich kann Ihnen nicht viel Zeit widmen, aber ich möchte Sie auch nicht in die Kälte schicken, ohne dass Sie die Gelegenheit hatten, sich ein wenig aufzuwärmen. Das wäre nicht recht. Es ist eine Frage des Stils, der heute so selten geworden ist.« Sie blickte versonnen ins Leere.

Quentin betrat einen großen Salon, der von einem ausladenden Polstersofa mit cremefarbenem Samtbezug und mehreren dazu passenden Sesseln dominiert wurde. Er setzte sich auf den Sessel, der dem Fenster am nächsten stand. Weiße Gardinen mit Blumenmuster hingen davor, ein dicker Wollteppich dämpfte alle Geräusche. Eine Louis-XV-Pendeluhr tickte dezent im Hintergrund.

»Victor kümmert sich gut um Sie«, griff Quentin den Gesprächsfaden wieder auf, als Madame Rochard etwas später mit einer Teekanne und zwei zarten Porzellantässchen erschien.

»Wie sich ein Sohn um seine Mutter kümmern sollte, Monsieur Belbasse. Leider kann ich die Wohnung kaum noch verlassen.«

Sie stellte das Tablett auf ein niedriges Tischchen, das so klapprig aussah wie seine Besitzerin.

»Sind Sie herzkrank?«

»Bedauerlicherweise.« Sie setzte sich auf einen der anderen Sessel. »Würden Sie mir jetzt verraten, was Sie wirklich wollen, junger Mann?«

»Sie haben recht, Madame, es ist Zeit, dass ich mit der Wahrheit herausrücke. Ihr Misstrauen bestätigt mir, was ich bereits wusste: Bei meinem vorigen Besuch haben Sie gehört, was ich mit Ihrem Sohn besprochen habe, und von seiner Unterhaltung mit Lieutenant Brossard von der Kriminalpolizei wissen Sie vermutlich auch. Wir ermitteln in einem Mordfall – einem Fall, in den Ihr Sohn verwickelt ist.«

Madame Rochard presste sich die rechte Hand auf die Brust und atmete schwer, aber eine akute Herzattacke schloss Quentin aus. Überhaupt bezweifelte er, dass sie so schwer krank war, wie sie tat. Der brillante Auftritt, den sie gerade hinlegte, weckte den Verdacht, sie sei viel kräftiger, als es den Anschein hatte.

»Sind Sie über die künstlerischen Aktivitäten Ihres Sohnes im Bilde?«

»Er erzählt mir nicht viel davon, weil er weiß, dass ich sie nicht gutheiße. Aber im großen Ganzen weiß ich Bescheid. Ich persönlich bin ja der Ansicht, dass ein so begabter Mensch wie er Besseres zu tun hat …«

Quentin unterbrach ihren Redefluss. »Kennen Sie eine gewisse Solveig Brenner?«

»Ich habe Ihnen schon gesagt, dass ich nicht viele seiner Freunde kenne und er ohnehin wenige hat.«

»Vielleicht mehr, als Sie ahnen. Und sicher weniger, als er ahnt.« Der letzte Satz war ihm entschlüpft, und er bedauerte ihn sofort. Madame Rochard zog ein besticktes Taschentuch aus der Tasche ihres Hauskleids, drückte es gegen die Lippen und ließ sich mit einem Seufzer der Erschöpfung in den Sessel zurücksinken.

»Sie haben im Verhalten Ihres Sohnes zuletzt nichts Ungewöhnliches bemerkt?«

»Er ist so rücksichtsvoll wie immer. Er hat eine gute Erziehung genossen, wie ich Ihnen bereits gesagt habe. Nicht wie diese Lümmel, auf die man überall trifft.«

Quentin lag die Frage auf der Zunge, wie sie auf Lümmel treffen konnte, wenn sie die Wohnung kaum noch verließ, aber er schluckte sie hinunter.

»Ihr Sohn ist ein gutaussehender Mann, sympathisch, begabt. Hat er eine Freundin oder Verlobte?«

»Nein«, antwortete die alte Dame in schneidendem Tonfall. »Seine Arbeit beansprucht ihn zu sehr.«

Quentin nickte nachdenklich.

»Er wird doch nicht ernsthaft verdächtigt, etwas angestellt zu haben?«, fragte die alte Dame beunruhigt.

»Er lügt, das hilft nicht gerade«, erwiderte Quentin und stand auf. »Wo kann ich ihn finden?«

»Er gibt heute Vormittag einen Kurs. Dann führt er ein wichtiges Gespräch. Sie können es am frühen Nachmittag versuchen, in seinem Büro in der Fakultät. Aber Sie vergeuden Ihre Zeit. Mein Sohn hat nichts mit einem Verbrechen zu tun. Nichts.«

»Ich danke Ihnen, Madame. Es war mir ein Vergnügen.«

»Vergessen Sie die hier nicht.« Sie deutete auf die Motorradhandschuhe, die auf dem Tisch in der Diele lagen. »Hochwertige Handschuhe. Sie waren sicher nicht billig.«

»Ich schenke sie Ihrem Sohn, er wird sie zu schätzen wissen. Auf Wiedersehen, Madame.«

Er machte eine leichte Verbeugung und ging auf die Wohnungstür zu. Die alte Dame, die nicht aufgestanden war, entließ ihn mit einer unbestimmten Handbewegung und schloss sofort die Augen. Ohne Zweifel wollte sie den Eindringling so schnell wie möglich aus ihrem Universum verbannen. Quentin ging hinaus und zog die Tür hinter sich zu. Ob Victors Mutter über den Tagesablauf ihres Sohnes wirklich so gut Bescheid wusste, wagte er zu bezweifeln, und er hatte keine Lust, vergeblich kreuz und quer durch Paris zu kurven.

Um die Stunden bis zum frühen Nachmittag sinnvoll zu nutzen, machte er sich auf den Weg zur Buchhandlung von Nathalie Francescas. Auf dem Weg zur Mietstation für Elektroautos ging er in Gedanken noch einmal die Unterhaltung mit Madame Rochard durch. Sie hatte keine einzige Frage nach dem Mordopfer oder den näheren Umständen des Mordes gestellt. Entweder wusste sie schon alles, oder sie interessierte sich nicht dafür. Oder beides. Das, was in ihren Augen wirklich zählte, war sie selbst, das lag auf der Hand. War sie in der Lage, eine Krankheit zu simulieren und sich freiwillig auf ein Leben innerhalb ihrer vier Wände zu beschränken, nur um ihren Sohn daran zu hindern, dass er auszog und sein Leben lebte? Wahrscheinlich. Quentin überlief ein Schauer. Wie oft hatte er sich über Rosa beklagt, die, wenn er es recht bedachte, verglichen mit der schrecklichen Madame Rochard eine mustergültige Mutter war! Victor hatte ihn belogen und sich verdächtig benommen, aber Quentin konnte ihn auch irgendwie verstehen. Er benahm sich seiner Mutter gegenüber auffällig unsicher. War er der Vater von Solveigs Baby? Solveig war ein ganzes Stück älter als er, aber sie war eine schöne Frau, und Victor schien sie sehr zu mögen. Hatte er nicht als Einziger echte Trauer erkennen lassen und in den höchsten Tönen von ihr geschwärmt? Und wenn das so war, was hatte er auf dem Hausboot gesucht? Hatte er von Solveigs Schwangerschaft gewusst? Wäre er so weit gegangen, ihr das Leben zu nehmen, nur um ihre Beziehung vor seiner Mutter geheim zu halten? Das wäre ungeheuerlich. Aber war die alte Dame, die sich für keinen Menschen außer sich selbst wirklich interessierte, nicht auch eine Art Ungeheuer? Wie die Mutter, so der Sohn? Für eine herzkranke Frau war es eine Kleinigkeit, sich Digitalis zu besorgen.

Quentin war so in Gedanken versunken, dass er in die Rue de Rivoli einbog, ohne es zu merken. Zum Glück kannte er sich in Paris so gut aus. In *seiner* Stadt. Er hätte sich in ihren Avenuen, Straßen und Gassen auch im Schlaf zurechtgefunden.

# 24

Nathalie Francescas' Buchhandlung hieß Leselust, was Quentin unter den gegebenen Umständen ziemlich ironisch vorkam. Lustvoll kam ihm sein Leben derzeit ganz und gar nicht vor. Bei Betreten des Ladens kündigte ein melodisches Geklingel sein Kommen an. Die Buchhandlung bestand aus einer Flucht von mehreren kleinen Räumen, die durch bequeme, mit Kissen gepolsterte Sitzgelegenheiten eine anheimelnde Atmosphäre ausstrahlten. Über den Bücherregalen hingen Schwarzweißaufnahmen von kargen Mittelmeerlandschaften und vom Alter gefurchten Frauengesichtern. Ein ungefähr fünfundzwanzigjähriger Angestellter, dem ein kurvig geschnittener Pony in die Augen hing, tauchte aus den rückwärtigen Räumen auf und kam freundlich lächelnd auf Quentin zu. »Was kann ich für Sie tun?«

»Ich würde gern mit Madame Francescas sprechen.«

»Ich hole sie.« Der junge Buchhändler drehte sich um und ging über eine Wendeltreppe ins Untergeschoss.

Kaum war er außer Sicht, klingelte Quentins Handy, und er beschloss, den Anruf entgegenzunehmen, auch wenn der Zeitpunkt ungünstig war.

»Kommen Sie sofort her!«, befahl Brossard ohne jede Begrüßungsfloskel. »Handeln Sie einmal im Leben vernünftig, lassen Sie alles stehen und liegen und sagen Sie mir, was gestern Abend passiert ist. Ich muss wohl nicht erst erwähnen, wie unerhört ich Ihr Benehmen finde.« Quentin wusste, dass er sich nicht weigern konnte, doch Brossard wiederum wusste nicht, dass sich die Buchhandlung direkt neben dem Quai des Orfèvres befand und er folglich etwas Zeit schinden konnte. Er versprach, sich so schnell wie möglich auf den Weg zu machen.

Nathalie Francescas hatte eindeutig einen anderen Besucher erwartet – die Polizei vielleicht –, was ihr leicht irritierter Blick verriet, als sie Quentin erkannte.

»Mein Mitarbeiter hat mir gesagt, dass Sie mich sprechen wollen.«

Äußerlich war ihr kaum anzusehen, wie schwer die Nachricht von Solveigs Tod sie getroffen hatte. Ihre Gesichtszüge verrieten eine gewisse Anspannung, aber die hätte man auch auf eine banale Ursache wie Schlafmangel zurückführen können. Ihr ovales Gesicht mit den Mandelaugen und dem kleinen, wohlgeformten Mund wurde von dunkelbraunem Haar umrahmt. Ihre grazile Haltung ließ den Betrachter an eine Porzellanpuppe denken, die nie alterte, auch wenn ein Kind sie noch so oft vom Regal nahm und wieder zurückstellte. Sie trug Stiefel mit hohen Absätzen, trotzdem reichte sie Quentin kaum bis zur Schulter.

»Ich wollte nur hören, wie es Ihnen geht«, begann er, um ihr die Befangenheit zu nehmen. »Sie haben gestern Abend einen schweren Schock erlitten, und ich fühle mich dafür verantwortlich.«

Der junge Mitarbeiter räumte im Nebenraum scheinbar hochkonzentriert den Inhalt eines Kartons in die Regale für Kinderbücher, aber etwas an seiner Körpersprache, eine gewisse Steifheit, ließ Quentin vermuten, dass ihm keine Silbe der Unterhaltung entging.

»Ich verstehe.« Auch Nathalie hatte wohl den Eindruck, belauscht zu werden, denn sie schlug Quentin vor, die Unterhaltung im Untergeschoss fortzusetzen. An ihren Mitarbeiter gewandt, sagte sie: »Monsieur Desmoulins, rufen Sie bei Interforum an und fragen Sie, warum wir die bestellten Bücher immer noch nicht erhalten haben.«

Als sie in einem kleinen Raum im Untergeschoss saßen, ergriff Quentin erneut das Wort. »Ich mache mir Vorwürfe, dass ich Sie gestern einfach habe gehen lassen. Aber ich nehme an, nach einer so schrecklichen Nachricht hat man am liebsten seine Angehörigen um sich. Ihr Mann und Ihre Kinder kennen Solveig Brenner doch sicher auch. Auch für sie muss es ein harter Schlag gewesen sein.«

»Ja, sie haben sie natürlich kennengelernt, aber begegnet sind sie ihr selten. Meine Töchter gehen ihre eigenen Wege, sie haben ihren eigenen Freundeskreis, und mein Mann verbringt wenig Zeit zu Hause. Er ist Kardiologe an der Salpêtrière. Er hat sehr ungewöhnliche Arbeitszeiten.«

»Sind die Fotos oben im Erdgeschoss Werke von Solveig Brenner?«, fragte Quentin auf gut Glück.

»Sie gehören zu ihrer türkischen Serie. Die Fotografie war ihr Lebensinhalt. Sie hatte andauernd neue Projekte, neue Ideen.«

»Auf dem Hausboot, wo sie gewohnt hat, gab es gar keine Landschaftsaufnahmen oder Ähnliches, da hingen vor allem erotische Aktaufnahmen. Anscheinend hatte sie eine sehr originelle Wahrnehmung der Welt.«

Madame Francescas nickte, immer noch distanziert. Quentin hatte das Gefühl, sich auf dünnem Eis zu bewegen.

»Sie hat auch von Ihnen sehr schöne Aufnahmen gemacht, glaube ich.«

Eine leichte Röte stieg der Buchhändlerin in die Wangen, aber sie schüttelte den Kopf.

»Sie hat lieber Modelle engagiert.«

# 25

Außer Atem langte Quentin am Quai des Orfèvres an und meldete sich beim diensthabenden Polizisten, der sich vergewisserte, dass der Besucher erwartet wurde, und ihn dann vorließ. Er nahm die Treppe, die zu Brossards Büro führte, in großen Sprüngen, klopfte an und trat unaufgefordert ein.

»Sind Sie quer durch Paris gerannt?«, fragte der Lieutenant. »Nur weil Sie nicht mit der Metro fahren?«

»Von wem wissen Sie das?«

»Ich habe meine Quellen. Hören Sie, ich hatte Ihnen eingeschärft, dass Sie niemandem trauen dürfen«, sagte der Lieutenant und stand auf. »Und Sie haben nichts Besseres zu tun, als sich direkt in die Höhle des Löwen zu begeben? Mutterseelenallein? Ich gratuliere, gut gemacht!«

Quentin sagte nichts.

»Viel hätte nicht gefehlt und ich hätte noch eine Leiche am Hals gehabt«, fuhr der Lieutenant fort. »Zeigen Sie mal her.«

Quentin schob die Ärmel hoch und zeigte ihm die Spuren der Fesseln an den Handgelenken.

»An den Knöcheln haben Sie auch so etwas, nehme ich mal an.«

Quentin nickte.

»Noch mehr?«

»Blutergüsse am ganzen Körper.«

»Haben Sie Ihre Blessuren schon von einem Arzt protokollieren lassen?«

»Nein.«

»Das ist aber das Erste, was Sie nach Ihrer Befreiung hätten tun sollen, das Allererste!«

Quentin seufzte. Brossard hatte recht. Falls Pain verhaftet würde, brauchte man unbedingt ein offizielles Dokument.

»Gehen Sie ins Hôtel-Dieu, es ist gleich nebenan.«

»Das wird Stunden dauern«, protestierte Quentin. »Und währenddessen läuft der Mörder Solveigs frei herum. Pain ist total verrückt, aber ich halte ihn nicht für einen Mörder. Lassen Sie meinetwegen einen Arzt holen, und ich erzähle Ihnen in der Zwischenzeit alles.«

Brossard stieß einen langen, entnervten Seufzer aus, griff aber zum Telefonhörer und fragte nach einem gewissen Dr. Bensimon.

»Gut, setzen Sie sich. Ich höre.«

Quentin legte los. Als er mit seinem Bericht fertig war, fragte Brossard: »Er trug also eine Gesichtsmaske, aber seine Stimme konnten Sie gut hören? Ist Ihnen an seiner Ausdrucksweise etwas aufgefallen?«

»Diese Frage habe ich mir selbst tausendmal gestellt, aber ich habe keine Antwort darauf. Eine eher dunkle Färbung.«

»Wie alt, was schätzen Sie?«

»Zwischen vierzig und fünfzig, aber das ist sehr grob geschätzt.«

»Größer als Sie?«

»Deutlich.«

»Kräftiger gebaut vermutlich auch.«

»Ja. Aber an seinen Sturz gegen den Käfig wird er sich lange erinnern. Er muss ihm sehr wehgetan haben, das hat er selbst gesagt. Seinem Rücken wird man das noch eine Weile ansehen.«

»Ich werde versuchen, Fingerabdrücke zu bekommen.«

Brossard griff noch einmal zum Hörer und gab seinem Kollegen Vincent Kéraudy entsprechende Anweisungen.

»Er steckte von Kopf bis Fuß in Latex und trug Handschuhe«, gab Quentin zu bedenken.

»Wir versuchen es trotzdem.«

Brossard beugte sich vor, und seine Stimme nahm einen eindringlichen Klang an. »Wie fühlt es sich an, wenn man eine ganze Nacht an ein Kreuz gefesselt ist?«

»Es macht einen wahnsinnig.«

Der Lieutenant deutete ein Lächeln an. »Glücklicherweise sind Sie robust.« Das war eine Feststellung, keine Frage. Es klopfte an die Tür. Brossard ließ Dr. Bensimon ein und verzog sich auf den Flur. Der Arzt untersuchte Quentin gründlich von Kopf bis Fuß und sprach seinen Befund in ein kleines Diktaphon. Dann machte er Aufnahmen von den wichtigsten Verletzungen. Als Quentin sich gerade wieder anziehen wollte, bat ihn Dr. Bensimon, noch einen Moment zu warten. Er öffnete die Tür zum Flur und fragte Brossard, ob er sich selbst ein Bild von den Verletzungen machen wolle. Leicht verlegen trat Brossard ein. Er fragte Quentin, ob er einverstanden sei, und als dieser seine Zustimmung gab, berührte er vorsichtig die Blutergüsse am Rücken.

»Mit was hat er Sie geschlagen?«

»Mit den Fäusten, bei unserer Prügelei, und dann mit einer Art Gummiknüppel. Dann bin ich ohnmächtig geworden. Zuletzt mit einem Gürtel, und mit dem hat er mich an dieses Kreuz gefesselt ...«

»Der Angreifer hat darauf geachtet, keine Knochenbrüche zu verursachen«, erklärte der Arzt. »Es wäre ihm ein Leichtes gewesen, aber er hat es nicht gewollt.«

Brossard teilte diese Ansicht. Quentin zog sich wieder an. Der Arzt versprach für den nächsten Tag einen vollständigen Bericht, stellte ein Rezept aus, das er Quentin reichte, und verließ das Büro. Quentin setzte sich dem Lieutenant gegenüber und holte seine Zigarettenschachtel hervor. Er bot Brossard eine Zigarette an, doch dieser schüttelte den Kopf und stand auf, um das Fenster zu öffnen.

»Sie sind nicht das erste Opfer dieses Kerls und werden nicht das letzte sein.«

»Und Simon Duhesme hat bestimmt schon andere behandelt«, ergänzte Quentin.

»Doktor Duhesme wird die Nacht in der Zelle verbringen. Ich will alles wissen und werde alles erfahren«, kündigte Lieutenant Brossard an, und Quentin glaubte ihm aufs Wort. Brossard griff zum Telefon und beauftragte zwei seiner Kollegen, Duhesme aus seiner Praxis zu holen.

»Und jetzt werden Sie mir die Wahrheit sagen. Und wenn ich Wahrheit sage, meine ich die ganze Wahrheit. Sonst sperre ich Sie auch über Nacht in die Zelle. Sollten Sie Schmerzen haben, gebe ich Ihnen ein Aspirin, aber Sie werden dieses Büro nicht verlassen, bis Sie mich über alle Ihre Machenschaften informiert haben.«

Anderthalb Stunden später traf Quentin in Begleitung von Brossard in der Fakultät für Astrophysik ein. Und im Grunde war er gar nicht so unglücklich über seine Eskorte. Zwar hielt er Rochard nicht für eine echte Bedrohung, zumindest nicht an einem öffentlichen Ort, aber es war ihm keineswegs unangenehm, ausnahmsweise einmal nicht die ganze Verantwortung allein zu tragen. Brossard fragte sich zielstrebig und ungeduldig zu Rochard durch. Wie es in den Gängen der altehrwürdigen Institution zuging, interessierte ihn kaum. Professoren und Studenten waren für ihn lediglich Hindernisse, die es zu überwinden galt, um schnellstens die Person ausfindig zu machen, derentwegen er gekommen war. Türen öffneten sich vor ihm, Gespräche verstummten. Er war hier, wie überall, ein Eindringling, mal gefürchtet, mal hoffnungsvoll erwartet. Durch sein Kommen änderte sich alles. Sobald er seinen Ausweis zückte, war die Atmosphäre nicht mehr dieselbe. Seine Gesprächspartner verloren ihre Natürlichkeit, etwas Unbeholfenes schlich sich in ihr Verhalten. Ihm selbst fiel das nicht mehr auf. Heute in der Fakultät, morgen in einer Bar an der Place Pigalle, jeder Fall brachte seine spezifische Topographie mit sich, aber für ihn waren die Orte, die er aufsuchte, lediglich Etappen auf der Fährte eines Kriminellen. In seinem Kopf musste es ein Paris mit sehr seltsamen Verknüpfungen geben, mit verschiedenfarbigen Spinnennetzen, die sich je nach Persönlichkeit der Opfer und Täter über die Stadt legten. Überlagerten sich die Erinnerungen an seine ersten Freundinnen mit denen an seine ersten Verhaftungen? Konnte er seinen Beruf überhaupt noch ausblenden? Oder war er einer dieser Unentwegten, die selbst in ihrer Freizeit noch in alten Akten wühlten? Hatte er seine Rolle so sehr verinnerlicht, dass er sich nicht mehr von ihr lösen konnte? Er war schließlich erst zweiundvierzig. Wem vertraute er sich abends im Bett an? Quentin kannte die Antwort nicht. Er nahm bei Brossard eine Einsamkeit wahr, die ihn beunruhigte, denn sie schien ihm noch umfassender zu sein als seine eigene.

»Hat sie rechts oder links gesagt?« Brossards Frage riss ihn aus seinen Gedanken. Sie bogen links ab, gingen den x-ten Flur entlang und standen endlich vor einer lackierten Holztür, auf der in großen Lettern der Name eines Professors und in kleineren der von Victor Rochard stand. Brossard klopfte an. Der junge Mann öffnete sofort. Er wirkte nicht im Mindesten überrascht.

»Meine Mutter hat mich angerufen. Sie hat mir von ihrer Unterhaltung mit Ihnen erzählt, Monsieur Belbasse«, sagte er, während er sie durch Gesten aufforderte, das kleine Büro zu betreten. An den Wänden zogen sich Regale mit Büchern und Akten entlang. Eine zweite Tür führte ins Arbeitszimmer des Professors, für den Rochard arbeitete. Sie war geschlossen.

»Machen Sie sich keine Sorgen. Ich habe darauf geachtet, sie nicht zu sehr zu brüskieren.«

»Nehmen Sie Platz. Es gibt leider nicht viele Sitzgelegenheiten.«

Quentin hätte nicht sagen können, ob der junge Mann nervös war. Er schien niedergeschlagen, ernst und in sich gekehrt. Wieder war Quentin beeindruckt von seiner Schönheit.

»Alles, was Sie sagen, kann gegen Sie verwendet werden«, begann Brossard, während er sich auf einen der Stühle vor dem

Schreibtisch setzte und auf den Stuhl neben sich wies. Victor Rochard setzte sich auf seinen schwarzen Schreibtischsessel.

»Fangen wir noch mal von vorne an. Wie war Ihr Verhältnis zu Solveig Brenner?«

»Ich habe sie geliebt.«

Brossard nickte. Diese Antwort hatte er erwartet.

»Sind Sie der Vater ihres Kindes?«

»Das nehme ich an.«

»Haben Sie sie deswegen getötet?« Brossard stellte die Frage in einem ebenso ruhigen Ton wie die vorhergehenden. Rochard sprang auf.

»Natürlich nicht!«, rief er entrüstet. »Ich habe es doch gerade gesagt! Ich habe sie geliebt.«

»Setzen Sie sich.« Der junge Mann gehorchte widerstrebend.

»Aber Ihre Mutter lieben Sie auch?«

»Selbstverständlich.« Seine Finger spielten mit einem Stift.

»Nur sind diese beiden Lieben unvereinbar.«

»Meine Mutter ist krank.«

»Sie ist besitzergreifend. Sogar extrem besitzergreifend, wie ich finde«, meldete sich Quentin zu Wort.

»Wollte Solveig Brenner Ihrer Mutter reinen Wein einschenken und sie über die Art Ihres Verhältnisses aufklären?«, fragte Brossard.

»Nein.«

Das Telefon klingelte, aber Rochard nahm nicht ab. Man hörte, dass im Nebenzimmer jemand den Anruf entgegennahm.

»War Ihre Mutter über Ihre Beziehung informiert?«

»Nein.«

»Wissen Sie das genau?« Rochard zögerte. Draußen auf dem Flur zog lärmend eine Gruppe Studenten vorüber. Er wartete, bis es wieder still war.

»Nein«, gestand er.

»Aber Sie selbst haben ihr nicht davon erzählt?«

»Nein.«

»Wären Sie gerne ausgezogen, um mit Solveig Brenner zusammenzuziehen?«

Der junge Mann hob die Schultern.

»Madame Brenner stellte also für Ihre Mutter eine Bedrohung dar.«

»Wir hätten alle zusammen wohnen können.« Sehr überzeugend klang das nicht.

»Am Tag nach Solveig Brenners Tod hat Monsieur Belbasse Sie dabei überrascht, wie Sie in ihr Hausboot einzubrechen versuchten ...«

Rochard schwieg.

»Ziehen Sie sich aus«, kommandierte Brossard unvermittelt. Selbst Quentin war überrascht.

Der junge Mann wurde blass und begann zu protestieren.

»Wissen Sie was, ich habe genug. Sie tun jetzt, was ich sage, oder ich nehme Sie in Gewahrsam. Sie können sich auch auf der Wache ausziehen. Wie Sie wollen.«

Rochard seufzte, schloss beide Türen ab und zog den Vorhang vor. Dann fing er umständlich an, seine Kleider abzulegen.

»Drehen Sie sich um.«

Am unteren Rücken des jungen Mannes befand sich ein kleines, schwarzes Tattoo: zwei parallele, vertikale Linien, die oben und unten von zwei horizontalen Linien begrenzt wurden. Die Form erinnerte an die römische Zwei. Der Lieutenant holte die Kontaktabzüge aus seiner Tasche. Auf einer von ihnen war der Rücken eines Mannes abgebildet, der eine Maske trug und dem Betrachter sein Profil zeigte. Er hielt eine Peitsche in der Hand, zu seinen Füßen lag ein gefesselter weiblicher Körper. In Höhe der Lendenwirbel sah man undeutlich den Ansatz einer Tätowierung, eher eine Art Schatten, aber wenn man die Stelle lange genug fixierte, konnte man einen Teil des Motivs erkennen, das Rochard auf dem unteren Rücken trug.

»Ich habe es zugelassen, um Solveig eine Freude zu machen. Ich wollte das meiner Mutter ersparen«, sagte der junge Mann sehr leise.

»Wer besorgt die Medikamente für Ihre Mutter?«

»Ich.«

»Und Digitalis gehört dazu?«

Der Doktorand nickte bekümmert.

»Ihre Freundin wurde vergiftet, Monsieur Rochard. Das wissen Sie. Sie hat große Qualen ausgestanden. Die Person, die wir suchen, besitzt medizinische Kenntnisse oder Kontakte in diese Richtung. Verstehen Sie? Ihr Vater war Mediziner, oder?«

Rochard gab keine Antwort.

»Ziehen Sie sich wieder an.«

Fügsam zog der junge Mann seine Kleider über.

»Haben Sie Madame Brenner häufiger getroffen?«, fragte Quentin.

»Ungefähr einmal pro Monat. Die restliche Zeit war sie nicht in Paris oder hat gearbeitet.«

»Haben Sie sich immer für denselben Tag verabredet?«, bohrte Quentin weiter. »Den fünfzehnten, zum Beispiel?«

»Es war immer um den zwanzigsten herum. Ich habe das nicht gleich verstanden. Erst in letzter Zeit fand ich es dann doch merkwürdig.«

»Es muss mit dem Zeitpunkt ihres Eisprungs zu tun gehabt haben«, sagte Quentin.

Brossard stand auf. »Gut, Monsieur Rochard. Sie werden Paris in der nächsten Zeit nicht verlassen, und Ihre Mutter auch nicht.«

»Sie haben ihn gar nicht nach der Bedeutung seines Tattoos gefragt«, sagte Quentin auf dem Weg ins Freie.

»Das war nicht nötig.«

Quentin konnte nicht abschätzen, ob der Polizist seinen Wissensvorsprung absichtlich auskostete, denn Brossard hastete die

Straße entlang und zeigte keinerlei Gemütsregung. Quentin wollte sich keine Blöße geben und fragte nicht weiter. Nach einer Weile blieb Brossard stehen, drehte sich zu ihm um und ließ die Katze aus dem Sack.

»Das Zeichen für Zwillinge. Sein Sternzeichen. Das ist aber nicht der Grund, weshalb er es sich stechen ließ. Er hatte einen Zwillingsbruder. Felix starb bei dem Autounfall, der auch Victors Vater das Leben gekostet hat. Er war damals zwei Jahre alt.«

»Oh, Scheiße.«

Ein leiser Nieselregen hatte eingesetzt.

Als sie im Auto saßen, bat Quentin den Lieutenant um die Kontaktabzüge.

Brossard ließ den Motor an. »Was suchen Sie denn?«, wollte er wissen.

»Nathalie Francescas.«

Quentin studierte ein Foto nach dem anderen, bis er das gesuchte gefunden hatte. Es zeigte eine Frau in Fesseln, Quentin hatte keine Mühe, die Buchhändlerin an ihrem glänzenden, schwarzen Haar zu erkennen. Er deutete mit dem Zeigefinger auf den Abzug.

»Glauben Sie, dass ihr Mann Bescheid weiß?«

»Wir werden uns mit ihm unterhalten.«

»Das ist vielleicht gar nicht notwendig …«, setzte Quentin an.

»Ich habe ja nicht gesagt, dass wir ihm die Fotos unter die Nase halten werden.«

# 26

Brossard setzte das Blaulicht auf das Autodach, damit sie sich leichter einen Weg durch den Verkehr bahnen konnten. Am Boulevard Vincent Auriol hielt der Lieutenant auf dem Gehweg und sprang aus dem Wagen. Quentin lief ihm hinterher. Er hörte, wie Brossards Handy klingelte.

»Ja, Vincent?« Der Lieutenant lauschte angestrengt.

»Die anderen sind da? Nehmen Sie alle zum Quai des Orfèvres mit. Wir sehen sie uns gleich an. Ach ja, und rufen Sie den Bruder an … auf Englisch, Vincent, auf Englisch.«

Verärgert beendete er den Anruf.

»Sie finden dieses berühmte Foto vom DNA-Test nicht, und auch den Test selbst nicht. Ihre Mutter hat mir heute mit dieser Geschichte in den Ohren gelegen, und ich dachte, es könnte sich lohnen, ihr nachzugehen. Ich habe Kéraudy aufs Hausboot geschickt, er hat alles gründlich durchsucht. Es gibt Hunderte von Dias und Negative von allen Abzügen, aber anscheinend fehlt genau dieses eine Dia. Sie lagen alle in einer großen Kiste.«

Quentin runzelte die Stirn.

»Seltsam.«

Nun griff er zum Handy und rief Rosa an, um ihr die Neuigkeit mitzuteilen. Er erreichte sie bei Pierre, sie hatte bereits einen Großteil der Ausgaben von *Art à part* durchstöbert und einen groben Überblick über Solveigs Karriere gewonnen, aber den Artikel, den sie suchte, hatte sie noch nicht gefunden.

»Sie soll weitersuchen«, zischelte ihm Brossard gut vernehmbar zu. Er wartete, bis Quentin aufgelegt hatte. »Dann müssen wenigstens wir uns nicht darum kümmern. Und keinen Polizisten einen ganzen Tag lang dazu abstellen, sich Artikeln über zeitgenössische Kunst zu widmen.«

Sie standen vor der Abteilung für Kardiologie, Brossard wollte gerade die Tür aufstoßen, als Quentin abrupt stehen blieb.

»Ich muss erst mal eine rauchen. Seit heute früh renne ich herum wie ein aufgescheuchtes Huhn, aber jetzt brauche ich ein paar Minuten für mich. Gehen Sie schon vor. Ich komme nach.«

Er zog sein Zigarettenpäckchen hervor und stellte sich neben einen der Standaschenbecher am Klinikeingang. Wo war sein Feuerzeug? Er tastete alle Taschen vergeblich danach ab. Zum Glück waren die Aschenbecher umringt von Klinikpersonal, darunter zwei Krankenschwestern, die sich über ihre Eindrücke des Tages austauschten und dabei gierig an ihren Zigaretten sogen. Neben Quentin stand ein Mann mit grau meliertem Haar, der einen Mantel über den weißen Kittel geworfen hatte und gedankenversunken rauchte. Die grüne Hose ließ darauf schließen, dass es sich um einen Chirurgen handelte. Quentin bat ihn um Feuer, und der Mann reichte ihm wortlos ein orangefarbenes Feuerzeug. Er wollte ganz offensichtlich nicht gestört werden. Quentin drehte sich zur Seite, um die Flamme vor dem Wind zu schützen, als der Pieper des Arztes laut brummte. Der Chirurg las die Nachricht, stieß einen unterdrückten Fluch aus, trat die halb gerauchte Zigarette aus und verschwand im Gebäude. Quentin kam nicht mehr dazu, ihm sein Feuerzeug zurückzugeben. Achselzuckend steckte er es ein, in Gedanken noch bei den Ereignissen der letzten vierundzwanzig Stunden, als Brossard mit grimmiger Miene auf ihn zustürmte.

»Haben Sie nicht mit ihm gesprochen?«, fragte Quentin.

»Nein. Da war nur seine Sekretärin, ein Drache, wie er im Buche steht. Sie führt sich auf, als sei sie der Bodyguard des Staatspräsidenten. Anscheinend hat ihr Chef heute eine Operation nach der anderen. Gegen zwanzig Uhr sollte er fertig sein, aber nicht mal das ist sicher.«

»Tja, die großen Chirurgen sind immer schwer beschäftigt.«

»Vielen Dank für die Auskunft«, blaffte Brossard.

»Ich verstehe ja, dass Sie verärgert sind, aber das ist weder meine Schuld noch die von Francescas.«

Brossard würdigte ihn keiner Antwort. Er stand unter Strom.

»Gut, dann los«, drängte er. »Schließlich haben nicht nur große Chirurgen eine Menge um die Ohren. Die Einzigen, die offenbar nicht von früh bis spät schuften ...«

»... sind die Musiker. Danke, das haben Sie schon einmal erwähnt.« Jetzt waren sie beide auf hundertachtzig.

»Ich fahre zu seiner Frau«, verkündete Brossard. »Soll ich Sie irgendwo absetzen?«

»Nein.«

»Ich verbiete Ihnen, soziale Brennpunkte, besetzte Häuser und übel beleumdete Viertel aufzusuchen. Keine eigenmächtigen Eskapaden mehr. Überhaupt keine Eskapaden wäre noch besser. Wenn Sie dazu imstande sind.«

Mit diesen Empfehlungen eilte Brossard vom Klinikgelände. Quentin warf seine Kippe weg und wollte ihm folgen, als ihm eine bessere Idee kam. Wenn er schon mal hier war, konnte er sich auch ein wenig im Inneren der Klinik umsehen.

# 27

Das Hôpital de la Salpêtrière unterschied sich nicht wesentlich von den anderen Krankenhäusern, die Quentin im Laufe seines Lebens gesehen hatte. Lange Gänge, automatische Türen, Krankenschwestern, die Betten schoben, Patienten, die im Bademantel umherirrten und verloren und verstört wirkten, die auf ein freundliches Gesicht hofften und nur auf unbeteiligte Fremde und gehetzte Pfleger trafen. Für die einen vergingen die Tage wie im Flug, für die anderen zogen sie sich endlos in die Länge. Die einen rannten, die anderen warteten darauf, dass sich jemand für sie interessierte, das Wort an sie richtete, sich ihrer erinnerte, fragten sich insgeheim, ob es schon so weit war, ob sie sich schon in Geister verwandelt hatten, die, für die Menschen in ihrer Umgebung unsichtbar, durch die Gänge spukten.

Keiner mochte Krankenhäuser. Doch Quentins Problem bestand darin, dass er überhaupt so vieles nicht mochte: den öffentlichen Nahverkehr, Menschenmengen, Gedränge, Kliniken, übergriffige Mütter. All das war ihm lästig. Böse Zungen sagten ihm nach, er sei übersensibel. Ein übersensibler Mann, ein übersensibler Detektiv, das war so ziemlich das Letzte. Als Sohn von Rosa hatte man nicht übersensibel zu sein. Aber wer, bitte schön, wäre cool geblieben, wenn man ihm gesagt hätte, der Vater sei an einer Überdosis gestorben? Welchen Sohn hätten Rosas Happenings, bei denen sich die Teilnehmer nackt in Farben wälzten und dabei unverständliche Gedichte brüllten, kalt gelassen? Quentin war von einer Kinderfrau erzogen worden, die auf den Strich ging. Nein, er war nicht übersensibel. Er fand nur einfach seinen Platz in der Welt nicht so leicht wie die anderen. Er stand immer ein wenig abseits, auf einem Beobachterposten. Er stellte sich unablässig Fragen. Warum machte dieser oder jener dieses oder jenes, warum hatte Person X das gesagt? Was stimmte daran nicht? Wo war der Haken? Wo die Lüge? Er bewegte sich auf schwankendem Boden. Vielleicht, weil sein Unbewusstes ihm vorhielt, dass er die Katastrophen hätte vorausahnen können, wenn er als Kind wachsamer gewesen wäre. Er hätte die Sucht seines Vaters erkennen und sich gegen den Kummer wappnen können. Unsinn – er war erst fünf Jahre alt gewesen! Und doch glaubte etwas in ihm, gegen alle Vernunft, dass er seinen Vater hätte retten können, wenn er nur ... Das war natürlich absurd, aber der Gedanke hatte ihn nie losgelassen. Er hätte es vorausahnen müssen. Künftig würde er auf der Hut sein. Hypersensibel und nervös, schon möglich, aber gewappnet.

Quentin erahnte überall Bosheit, Verbrechen, schlechte Gedanken, sein Ohr lag an der Brust der Menschheit, um auf deren Herzschlag zu lauschen. Er hörte, wenn es stolperte, aber auch, wenn es ihr bis zum Hals schlug. Es gab wenig, das ihn gegen die eigene permanente und überkritische Analyse seiner Umgebung schützte: extreme Müdigkeit, rauschhafte Liebe, und Verzweiflung, als schlechte Laune kaschiert.

Er öffnete die Glastür, neben der »Professor Jean-Marie Francescas« stand, mit einer gewissen Erleichterung. Hier, im Trakt mit den Sprechzimmern und Behandlungsräumen, hatte ein guter Geist den typischen Krankenhausgeruch vertrieben. Obwohl die Räume makellos sauber waren, strahlten sie nicht die unangenehme Aura der Sterilität aus. Der Besucher tauchte in ein geordnetes Universum des diskreten, unaufdringlichen Luxus ein. Abgesehen von einer vollbusigen Frau mit goldblonden Haaren, die hinter einem mit einer üppigen, weißen Gardenie geschmückten Schreibtisch thronte, war im Zimmer niemand zu sehen.

»Was wünschen Sie?«, fragte die Dame in einem Ton, der in Quentin das Bedürfnis weckte, auf der Stelle den Rückzug anzutreten. Doch er gab sich einen Ruck und ging auf die Sekretärin zu, deren Name auf einem vergoldeten Täfelchen stand.

»Guten Tag, Madame Desmoulins. Ich würde gern mit Professor Francescas sprechen.«

»Er hat heute keine Sprechstunde. Der Herr Professor operiert. Die Sprechzeiten sind im Übrigen gut lesbar da oben angezeigt.«

»Ach, das muss mein Kollege gewesen sein! Wir wollten uns hier treffen, aber anscheinend haben wir uns verpasst. Es tut mir leid, dass ich Sie störe.«

Quentins Höflichkeit sorgte dafür, dass das makellos geschminkte Gesicht einen etwas weicheren Ausdruck annahm.

Quentin deutete auf die Pflanze. »Sie haben da eine herrliche Gardenie. So ein wunderschönes Exemplar sieht man selten. Diese Pflanze ist so empfindsam! Keine Zugluft, keine direkte Sonneneinstrahlung. Man muss wissen, wie man sie zu behandeln hat, und das kann beileibe nicht jeder …«

Die Sekretärin war verunsichert. Sie witterte eine List, wusste aber nicht, wie sie mit Quentins Süßholzgeraspel umgehen sollte. Sie murmelte etwas und konzentrierte sich wieder auf ihren Bildschirm.

»Sie sind seine rechte Hand, nehme ich an?«, fuhr Quentin fort. »Es ist so wichtig, eine kompetente Kollegin an seiner Seite zu haben.«

Wieder wusste sie nichts zu erwidern.

»Ich bin seine Assistentin«, erklärte sie schließlich.

Quentin ließ nicht locker. »Ich habe gehört, Professor Francescas sei einer der besten Kardiologen von Paris.«

»Oh ja, unbedingt.«

»Welch ein Glück Sie haben, für einen Mediziner seines Formats arbeiten zu dürfen.« Der Busen wogte, die Sekretärin war bewegt, aber sie ließ sich nicht hinters Licht führen.

»Monsieur …«

»Belbasse«, lächelte Quentin und ließ den Blick etwas länger auf ihrer Brust ruhen.

»Monsieur Belbasse. Ich habe Ihnen gesagt, dass der Herr Professor nicht da ist. Ich werde ihm ausrichten, dass Sie ihn sprechen wollen. Er wird sich mit Ihnen in Verbindung setzen. Sie können mir gern Ihre Kontaktdaten hinterlassen.«

»Das ist sehr liebenswürdig von Ihnen. Ich kann aber auch auf ihn warten.«

Er deutete auf eine Reihe von Sesseln.

»Nein. Man kann unmöglich voraussagen, wie lange ihn seine Arbeit in Anspruch nehmen wird.«

»Und wann endet Ihre Arbeitszeit?«

»Ich … um achtzehn Uhr, aber … manchmal warte ich auch noch auf ihn.«

Quentin nickte voller Verständnis.

»Sie ahnen wahrscheinlich, warum ich hier bin?«

Die Sekretärin schüttelte den Kopf und wandte sich wieder ihrem Computer zu.

»Eine enge Freundin seiner Frau wurde ermordet.«

Madame Desmoulins nahm die Neuigkeit gefasst auf und begnügte sich mit einem kurzen »Oh!«.

»Kannten Sie sie eventuell? Solveig Brenner?«

»Nein. Ich sehe seine Frau praktisch nie. Sie führt ihr eigenes Leben.«

Quentin wandte sich zum Gehen. »Ein zuvorkommender Chef, das muss ich sagen«, lobte er, auf die Gardenie deutend.

»Oh nein, die ist nicht von ihm.« In der Stimme der Sekretärin schwang eine Spur Enttäuschung mit.

# 28

Als Quentin auf sein Handy schaute, das er beim Betreten der Praxisräume lautlos gestellt hatte, sah er die Nachricht des Mechanikers, dass seine DS abholbereit sei. Mit einem Seufzer der Erleichterung begab er sich auf die Suche nach einem Taxi und ließ sich an die Porte de Clignancourt fahren, wo ihm der Mechaniker eine detaillierte Liste mit allen Reparaturen vorlegte und ihm eine gesalzene Rechnung präsentierte. Missmutig beglich Quentin die verlangte Summe. Er hatte große Lust, die Rechnung umgehend an Valérie Tétrel weiterzuschicken, das würde sie vielleicht lehren, in Zukunft besser aufzupassen, aber im Grunde seines Herzens wusste er, dass er das nicht über sich bringen könnte. Für eine Lateinlehrerin war eine solche Summe nicht mal eben zu stemmen. Und außerdem war er einfach nur froh, sein Schmuckstück wiederzuhaben, das ihm das Fortkommen in der Stadt doch wesentlich erleichterte. Es kam ihm fast wie ein Wink des Schicksals vor, dass er direkt vor seiner Haustür eine Parklücke fand. Er manövrierte den Wagen mit aller Vorsicht hinein, schlich sich unbemerkt am Concierge vorbei und nahm die fünf Treppen bis zu seiner Wohnung. Doch allen Ärgernissen entkam er nicht, so viel konnte man dem Schicksal auch wieder nicht abverlangen. Das Erste, was er sah, als er die Wohnung betrat, waren Rosa und Thomas, in eine heftige Diskussion verstrickt. Der Amerikaner saß auf dem Sofa, Rosa lief erregt vor ihm auf und ab. Quentin deutete ein Lächeln an und stellte seine Sachen ab.

»Da bist du ja endlich!«, rief Rosa ungehalten. »Ich habe Thomas gerade gefragt, warum er auf keinen meiner Anrufe reagiert hat. Ich wollte, dass er mich von der Polizeiwache abholt! Ich finde das unerhört! Was hältst du davon, ganz objektiv?«

Quentin verzog den Mund, was seine Mutter als Ermunterung auffasste.

»Siehst du! Wenn man sich nicht mal auf seine nächste Umgebung verlassen kann, dann kann man ja gleich Eremit werden.«

»Ich habe doch schon gesagt, dass ich geschlafen und mein Telefon nicht gehört habe, weil es auf lautlos war. Ich war müde.«

Die Erklärung war so banal, dass Rosa nur noch mehr in Rage geriet.

»Und du hast dich keine Sekunde lang gefragt, warum ich nicht zurückgekommen bin?«

»Ich habe geschlafen.«

»Mein Verschwinden hat dich nicht beunruhigt? Ich könnte tot sein, und du würdest es nicht merken.«

»Vielleicht nicht sofort«, gab Thomas aufrichtig zu, wobei er sein charmantestes Lächeln aufsetzte.

»Du bist einfach jämmerlich.«

Quentin, der bisher noch kein einziges Wort gesagt hatte, holte eine Flasche Mineralwasser aus dem Kühlschrank und öffnete sie. Er stellte Gläser auf die Theke und blickte die anderen fragend an. Rosa schüttelte den Kopf, doch Thomas nickte dankbar.

»Ach was, du findest mich nicht jämmerlich. Du findest mich verwirrend, enervierend und gut gegen Stress«, sagte Thomas und ging auf Rosa zu. Er legte die Hände auf ihre Hüften und streichelte sie anzüglich. Sie machte sich los, änderte aber ihren Ton.

»Doch, jämmerlich«, murmelte sie.

Thomas wandte sich Quentin zu und sah ihn mitfühlend an. »Und wie geht es deinem Rücken?«

»Ich habe ihm erzählt, wie dieser kranke Typ dich zugerichtet hat«, erklärte Rosa.

Quentin hatte keine Lust, über seinen Rücken zu reden, und begnügte sich mit einem halbherzigen »Ganz okay«.

»Einfach unglaublich!«, entrüstete sich Thomas. Durch seinen amerikanischen Akzent klang er noch eine Spur empörter. »Was wollte der Mann damit denn erreichen?«

»Mich demütigen, was sonst«, erwiderte Quentin. »Aber es war auch eine Warnung.«

»Ich finde das alles skandalös«, mischte sich Rosa ein. »Wie kannst du nur berufliche Kontakte zu so einem Individuum unterhalten?«

»Ich wusste nicht, dass er so gefährlich ist«, rechtfertigte sich Thomas.

»Trotzdem.«

»Niemand kennt ihn wirklich.«

»Aber man kennt doch die Menschen, mit denen man in Kontakt ist, wenigstens einigermaßen«, beharrte Rosa.

»Das sollte man«, gab ihr Liebhaber demütig zurück und fuhr sich mit der Hand durch die Haare.

Rosa ließ sich auf das Sofa sinken.

»Ich bin fix und fertig. Ich habe den ganzen Tag mit Pierre in alten Zeitschriften gewühlt. Ich kann nicht mehr. Meine Augen brennen, meine Stauballergie setzt mir zu, kurz, es war eine Qual. Wenn Pierre nicht so reizend wäre, so galant, so …«

»Ja, bitte, erzähl uns davon, wie es mit Pierre ist«, giftete Thomas dazwischen, während er sich weiter die Kopfhaut massierte. »Vielleicht habt ihr ja nicht nur alte Zeitschriften gelesen? Erzähl uns mehr!«

»Du bist eifersüchtig!«, rief Rosa entzückt. »Nein, so was!«

Quentin hatte genug vom Geplänkel der beiden und zündete sich eine Zigarette an. Er stellte sich ans Fenster.

»Hast du was gefunden?«, fragte er nüchtern.

»Ja und nein.« Rosa kostete den Moment der Spannung sichtlich aus. »Ich habe die Nummer und die Abbildung gefunden, aber der

Test ist mit bloßem Auge nicht lesbar. Ich habe Vincent Kéraudy das Heft gegeben. Er will sehen, was er tun kann, mehr kann er nicht versprechen. Ein ganzer Arbeitstag für ein so mageres Ergebnis! Wenigstens habe ich auch ein paar Artikel über meine Ausstellungen gefunden. Schon ein eigenartiges Gefühl, nach so vielen Jahren!«

Quentin hörte nicht mehr zu. Er hatte nur noch einen Wunsch. Thomas schien seine Gedanken zu lesen: »Ich glaube, wir lassen dich jetzt mal eine Weile allein.« Rosa verstand den Wink und griff nach ihrer Handtasche.

Als Erstes schaltete er den PC an und las seine Mails. Anschließend nahm er eine Dusche und durchstöberte schließlich die Küchenschränke nach etwas Essbarem. Er fand eine Packung Spaghetti und eine Dose Tomatensauce und fing an zu kochen. Während das Nudelwasser sprudelte, überkam ihn das Bedürfnis, Brossard anzurufen. Er hätte zu gern gewusst, was Nathalie Francescas zu den Fotos gesagt hatte. Aber er erreichte nur die Mailbox und verzichtete darauf, eine Nachricht zu hinterlassen. Der Lieutenant würde ihn sowieso nicht zurückrufen.

Er öffnete die Flasche *Château Trois Moulins*, die Violetta ihm einmal als Dankeschön fürs Babysitten mitgebracht hatte, goss sich ein Glas ein und steckte den Kopf in den Kühlschrank. Vielleicht fand sich ja irgendwo noch ein Stück Hartkäse. Doch nach ein paar Sekunden zog er den Kopf abrupt zurück und betrachtete das Etikett auf der Flasche noch einmal genauer. Es war ein ganz gewöhnlicher Haut-Médoc, Cru Bourgeois von 2002, nichts Besonderes. Die kleine Zeichnung auf dem Etikett stellte, wie aufgrund des Namens zu erwarten, drei Mühlen über einem Weinberg dar. Eine alltägliche, ländliche Szenerie, ein Hafen der Ruhe, der die gestressten Städter zum Träumen brachte. Eigentlich waren drei Mühlen zu viel. Drei Mühlen so dicht nebeneinander, wozu? Eine reichte doch gewöhnlich für ein Gebiet von mehreren Quadratkilometern. Warum beschäftigten ihn diese drei Mühlen so? Mühlen. *Des moulins.* Ein Schild, auf dem »S. Desmoulins« stand. Sabine, vielleicht, oder Sylvie. Professor Francescas' Sekretärin hatte einen sehr gängigen Namen, und doch weckte er in ihm eine Ahnung. Quentin meinte den Namen in den letzten Tagen schon einmal gehört zu haben, noch bevor er Madame Desmoulins kennengelernt hatte.

Er konnte die Spaghetti gerade noch vor dem Verkochen retten. Als er sie aus dem Sieb in den Teller beförderte, kam die Erinnerung zurück.

# 29

Die Buchhandlung war noch geschlossen, als Quentin sich auf der anderen Straßenseite in einem Café einen Platz suchte, von dem aus er die Eingangstür unauffällig beobachten konnte. Er bestellte eine Tasse Kaffee und ein Croissant und verfolgte das lebhafte Treiben auf der Straße. Die Bürgersteige waren voller Menschen, die zu ihren Arbeitsstellen eilten. Unter dem grauen Himmel herrschte eine eisige Kälte, die die dick eingepackten Gestalten zu noch größerer Eile antrieb. Autos rollten in einem ununterbrochenen Strom vorbei, in das gleichmäßige Dröhnen mischte sich gelegentliches Hupen. Niemand steckte gern mitten im Gedränge. Unter dem Druck des schlechten Wetters und der überlasteten Verkehrswege bröckelte das gewöhnlich so zivilisierte Benehmen der Pariser, und sie wurden zu einem wild gewordenen Haufen, der mit ruppigen Methoden in einer auf einmal feindlichen Umgebung ums Überleben kämpfte.

Quentin trank seinen Kaffee in kleinen Schlucken. Auch wenn Paris *seine* Stadt war, die Stadt, die er liebte, zerrte sie immer mehr an seinen Nerven. Ein untrügliches Anzeichen dafür, dass er älter wurde, dachte er gerade in dem Moment, als der junge Desmoulins um die Ecke bog. Mit seinen blonden Haarsträhnen, die das halbe Gesicht verdeckten, und seiner kurzen schwarzen Daunenjacke, unter der dünne Beine in schwarzen Röhrenjeans hervorschauten, war er von den meisten anderen jungen Männern seines Alters kaum zu unterscheiden. Er hatte blaue Kopfhörer auf den

Ohren. Quentin zahlte und lief durch die Autos hindurch auf den jungen Mann zu, der das Metallgitter vor dem Laden nach oben schob.

»Sind Sie immer der Erste?«, fragte er.

Der Buchhändler nahm unwillig die Kopfhörer ab und murmelte ein vages »Hallo«.

»Sind Sie immer derjenige, der die Buchhandlung aufschließt?«, wiederholte Quentin.

»Nur Mittwoch, Donnerstag und Freitag.«

Desmoulins entriegelte die Eingangstür, trat ein und schaltete das Licht an.

»Wir haben noch nicht geöffnet.«

»Ich bin kein Kunde.«

Der junge Mann zögerte kurz, dann ließ er Quentin mit finsterer Miene an sich vorbei. Sichtlich ungehalten fing er an, im Laden zu hantieren; vermutlich war er immer noch verärgert über Quentins argwöhnische Blicke bei dessen letztem Besuch.

»Wann kommt Ihre Chefin normalerweise?«

»Um elf.«

Der junge Buchhändler verzog sich über die Wendeltreppe nach unten, um seine Jacke aufzuhängen und die Kaffeemaschine anzuwerfen. Quentin ging ihm nach und sah ihm eine Weile wortlos zu. Nach ein paar Minuten hielt der junge Mann das Schweigen nicht mehr aus.

»Mit wem wollen Sie nun reden, mit mir oder mit Madame Francescas?«

Quentin reagierte mit einer Gegenfrage. »Wie ist Ihr Vorname, Monsieur Desmoulins?«

»Alain.«

»Und der Ihrer Mutter?«

»Sophie, warum?«

Quentin nickte zufrieden, er hatte sich nicht getäuscht.

»Arbeitet Ihre Mutter schon lange für Professor Francescas?«

Alain Desmoulins warf ihm einen misstrauischen Blick zu.

»Sind Sie ein *Flic*? Stellen Sie deshalb diese Fragen? Dann will ich Ihren Ausweis sehen.«

»… Und das ist der Grund, warum Sie diese Stelle hier in der Buchhandlung bekommen haben.«

»Ich weiß wirklich nicht, was Sie von mir wollen, Monsieur.«

»Ich will es wissen.«

Der junge Desmoulins zog sein Handy aus der Tasche.

»Ich rufe jetzt Madame Francescas an«, sagte er, während er eine Nummer tippte.

»Sehr gut.« Quentin war die Ruhe selbst. Der junge Mann sah ihn unsicher an und hörte auf zu tippen.

»Wer nicht neugierig ist, erfährt nichts, oder?«, sagte Quentin. »Ich habe Sie neulich beobachtet. Sie waren sehr an dem Gespräch interessiert, das ich mit Ihrer Chefin geführt habe.«

Desmoulins machte sich einen Kaffee, überlegte einen Moment und bot dem Besucher dann auch eine Tasse an. Quentin lehnte ab.

»Ich muss nach oben«, sagte der junge Mann. »Wenn ich allein im Laden bin, halte ich mich lieber dort auf. Auch wenn es die da gibt.« Er deutete auf mehrere kleine Bildschirme, auf denen man den Eingang und die Räume im Erdgeschoss im Auge behalten konnte. Quentin stieg hinter ihm die Treppe hoch.

»Sind Sie von Natur aus neugierig oder vor allem dann, wenn es um Madame Francescas geht?« Desmoulins stellte sich taub.

»Sie ist hübsch. Älter als Sie, aber hübsch.«

»Ich weiß nicht, worauf Sie hinauswollen.«

»Eine schöne Frau, häufig allein. Sie hätten Lust, Ihrer bezaubernden Chefin Ihre jugendliche Kraft zur Verfügung zu stellen.«

»So ein Schwachsinn.«

»Aber sie hat von Ihrem Vorschlag nicht viel gehalten.«

Wütend drehte der Buchhändler Quentin den Rücken zu und machte sich an der Kasse zu schaffen. Quentin wusste, dass er sich auf vermintem Gelände bewegte. Er täuschte etwas vor, um die Wahrheit herauszufinden. Deshalb musste er am Ball bleiben, das spürte er, sonst würde sich der junge Mann aufrappeln und hinter seinen Verteidigungslinien verschanzen. Irgendetwas wurde hier vertuscht, Quentin hatte es im Gefühl. Die Tatsache, dass Desmoulins seinen Anruf abgebrochen hatte, ermutigte ihn.

»Ihre Mutter hat dasselbe Problem mit ihrem Chef, nicht wahr? Seit so vielen Jahren ist sie jetzt schon verliebt in ihn. Und er will und will es nicht begreifen. Das ist schon eine merkwürdige Parallele.« In diesem Punkt war er sich seiner Sache sicher.

Er bekam keine Antwort.

»Gestern Abend war Lieutenant Brossard hier, nehme ich an. Er wird wiederkommen. Die *Flics* kommen immer wieder. Bis sie alles ans Licht gezerrt haben. Das ist eine ihrer Eigenarten. Sie haben Ihre Chefin ausspioniert, stimmt's?«

Der Blick des Buchhändlers schweifte Hilfe suchend zu einem Passanten, der die Schaufensterauslagen betrachtete.

»Nein.«

»Kannten Sie ihre verstorbene Freundin? Solveig Brenner? Die Fotos an der Wand sind von ihr.«

Immer noch keine Reaktion. Quentin wusste, dass er im Grunde keine echten Druckmittel besaß. Die Zeit drängte. Wenn er etwas erfahren wollte, dann jetzt. Auf den richtigen Augenblick kam es an. Wie in der Liebe. Man musste im richtigen Augenblick handeln. Verpasste man ihn, kam er vielleicht nie mehr zurück. Er musste die Daumenschrauben ein Stück anziehen.

»Die Frau wurde vergiftet, sie ist unter entsetzlichen Qualen gestorben.«

Der junge Mann sah ihn betroffen an.

»Sie war schwanger.«

»Wie das?«

»Wollen Sie wissen, wie man schwanger wird?«

»Nein, das heißt, ja, weil sie doch lesbisch war.«

Größer hätte Quentins Überraschung nicht sein können. Er starrte den Buchhändler an.

»Sprechen wir über dieselbe Frau?« Desmoulins brach in ein freudloses Gelächter aus.

# 30

»Das Syndrom des Barons de Charlus«, nannte es Quentin in der Nachricht, die er Brossard auf der Mailbox hinterließ. Er hatte ihn wieder nicht erreicht, sonst hätte er ihm das literarische Quiz wohl eher erspart. Der Baron de Charlus, dem in Prousts *Auf der Suche nach der verlorenen Zeit* der Ruf eines Schürzenjägers vorauseilte, war in Wirklichkeit Zeit seines Lebens homosexuell gewesen. Und wer war in Nathalies Liebesleben eingeweiht? Alain Desmoulins hatte zugegeben, dass er seiner Mutter davon erzählt hatte, aber wie war die Sekretärin mit dem Geheimnis umgegangen? Hatte Victor Rochard erfahren, dass Solveig Brenner und Nathalie Francescas ein Paar waren? Eine brandheiße Affäre, so hatte der junge Mann die Beziehung ironisch umschrieben. Brandheiß … Rochard hatte sich viel von seiner Beziehung zu Solveig erhofft. Er war verliebt in sie. Hatte sie ihn nur ausgenutzt? War der Astrophysiker imstande, aus einem solchen Grund zu töten?

Quentin hatte es sich in seiner DS bequem gemacht und rauchte. Er musste noch eine halbe Stunde totschlagen, bevor Nathalie in der Buchhandlung erwartet wurde. Fragen und Zweifel plagten ihn: Sollte er Victor mit den neuen Informationen konfrontieren? Einfach so, ohne Umschweife und ohne etwas Konkretes in der Hand zu haben? Nein, als Erstes musste er mit Nathalie reden. Er hätte in der Buchhandlung warten können, aber er war zu angespannt, um untätig dazusitzen. Sein Handy vibrierte, und er hielt es sofort ans Ohr.

»Brossard?«

»Nein, ich bin's, Valérie Tétrel. Ich dachte, ich frage mal wegen dem Auto ... Weil ich nichts von Ihnen gehört habe ... Haben Sie es immer noch nicht wiederbekommen?«

Quentin fühlte sich überrumpelt. Er hatte noch keine Zeit gehabt, sich zu überlegen, wie er sich der Lehrerin gegenüber verhalten sollte. Und in diesem Moment kam sie ihm sehr ungelegen.

»Ja, äh, ich meine, nein. Hören Sie, Valérie, kann ich Sie zurückrufen? Ich kann im Moment wirklich nicht gut reden.«

Er beendete das Gespräch fast unhöflich abrupt, fühlte sich danach schlecht und nahm sich vor, die Sache so bald wie möglich anzupacken. Er könnte sie zum Beispiel zum Essen einladen, wenn alles vorbei war. Wenn der Täter gefasst war.

Wer hatte diesen Mord so kaltblütig geplant? Wem mangelte es in so erschreckendem Maß an Mitgefühl? Psychopathen konnten Mitgefühl häufig so gut imitieren, dass ihre Umgebung jahrelang gar nicht merkte, dass es nur geheuchelt war. Manchmal galten sie sogar als Menschen, die eine besonders intensive Nähe zu anderen herstellen konnten, die deren Wünsche und Bedürfnisse vorausahnten. Schüchterne, eifrige Liebhaber, wunderbare Frauen, ideale Ehemänner, hingebungsvolle Freunde. Außergewöhnliche Wesen. Wen hatte er im Laufe seiner Ermittlungen kennengelernt, auf den diese Beschreibung zutraf? Victor Rochard. Ja, im Prinzip schon. Pain? Er besaß die nötige Intelligenz und Kälte, aber er war nicht darauf aus, geliebt zu werden oder den Erwartungen anderer zu entsprechen. Nathalie Francescas, die ideale, schöne, intelligente Frau, verheiratet mit einem berühmten Chirurgen. Würde sie töten, um den Schein zu wahren? Aber wäre sie dann zu dem vereinbarten Treffen gekommen? Wenn sie schlau war, dann ja.

Quentin war sich nicht sicher, ob er wirklich nach einem Psychopathen suchte, aber dass er es mit einem kaltblütigen, gerissenen Gegner zu tun hatte, bezweifelte er nicht. Dieser Täter würde sich nicht verraten. Man musste ihn aufs Glatteis führen.

Quentin rieb sich die immer noch schmerzenden Handgelenke, als ihm eine Gestalt mit Schal und Mütze auffiel, die auf sein Auto zustapfte. Er erkannte Brossard erst, als dieser an die Scheibe klopfte und die Beifahrertür aufmachte.

»Halten Sie es für klug, sich bei einer Überwachungsaktion in die auffälligste Karre von ganz Paris zu setzen?«

»Ich hatte nicht vor, jemanden zu überwachen«, grummelte Quentin.

»Das beruhigt mich.«

Brossard rutschte auf den Sitz.

»Haben Sie meine Nachricht bekommen?«

»Ich höre meine Nachrichten immer ab.«

»Sehr beeindruckt wirken Sie aber nicht.«

»Wollen Sie, dass ich Ihnen einen Orden verleihe?« Er nahm seine Mütze ab und rieb sich den kahlen Schädel.

Quentin seufzte. An manchen Tagen war der Lieutenant noch unausstehlicher als gewöhnlich. Er deutete auf das Päckchen Stuyvesant, das auf dem Armaturenbrett lag. »Bedienen Sie sich, die sind gut gegen Stress.«

Der Polizist schüttelte den Kopf, dann besann er sich. Er steckte sich eine Zigarette an und drehte das Feuerzeug nervös zwischen den Fingern.

Eine halbe Stunde später saßen sie mit Nathalie Francescas im Untergeschoss der Buchhandlung. Als sie sie mit den Aussagen von Desmoulins junior konfrontierten, brach sie in Tränen aus.

»Wir haben so gut aufgepasst!«

Brossard bemühte sich um einen betont neutralen Gesichtsausdruck.

»Warum? Wenn Sie diese Frau geliebt haben, hätten Sie sich doch scheiden lassen können.«

»Nein. Sie kennen meinen Mann nicht.«

»Wir werden ihn bald kennenlernen.«

Quentin registrierte, dass Brossard im Plural sprach. Der Lieutenant fuhr fort: »War es Ihre erste homosexuelle Beziehung?«

Die Frau nickte stumm.

»Wie lange sind Sie verheiratet?«

»Siebzehn Jahre.«

»Sie sind seit siebzehn Jahren verheiratet. Sie haben zwei halbwüchsige Töchter. Und von einem Tag auf den anderen entdecken Sie Ihre Schwäche für Frauen?«

»Ich habe mich in Solveig verliebt.«

»Das sage ich ja.«

»Nein, es ist nicht, wie Sie sagen, Lieutenant.« Nathalie Francescas sprang auf und lief in dem überheizten Zimmerchen hin und her. »Ich habe nicht plötzlich meine Schwäche für Frauen entdeckt. Ich habe mich in diese eine Frau verliebt. Das ist ein großer Unterschied.«

Dass Brossard keine Lust auf eine Lektion in Semantik hatte, äußerte sich in seiner nüchternen Antwort: »Den Unterschied sehe ich nicht. Nehmen Sie es mir bitte nicht übel, aber ich finde dieses plötzliche Umschwenken befremdlich.«

»Was Sie befremdlich finden, kann ich Ihnen nicht vorschreiben«, sagte Nathalie Francescas widerspenstig und verschränkte die Arme vor der Brust.

»Das wäre so, als würde ich auf einmal dem Charme meines Kollegen hier verfallen.«

Quentin warf Brossard einen ungläubigen Blick zu.

»Eines Tages wache ich auf und muss an Monsieur Belbasse denken, und mir fällt auf, dass er schöne Augen hat, dass es mir in seiner Gegenwart gut geht, und hopp, werfe ich mich ihm an den Hals.«

Quentin starrte ihn grimmig an, verkniff sich jedoch jeden Kommentar.

»Ich habe den Eindruck, wir drehen uns im Kreis«, stellte der Polizist fest.

Nathalie Francescas schwieg.

»Also gut, Sie haben Solveig Brenner in der Türkei kennengelernt und sich in sie verliebt. Einfach so.«

Er schnipste mit den Fingern.

»So schnell ging es nicht.«

»Hatte Brenner vorher schon ähnliche Erfahrungen?«

»Ja.«

»Ich fasse also zusammen: Solveig war lesbisch und hat es geschafft, Sie zu verführen.«

»Solveig war bisexuell, aber sie hat Männern misstraut.«

»Die Frau hat Sie verführt, und Sie haben Ihrem Mann die Beziehung verheimlicht. Warum?«

»Ich wollte bei meinen Töchtern bleiben. Sie hätten es vielleicht nicht verstanden. Und außerdem, mein Mann …«

»Ja, richtig, er hätte es auch nicht verstanden! Sind Sie sicher, dass er nicht doch Bescheid gewusst hat? Ich meine, so etwas gibt es doch, Paare mit einer offenen Beziehung.«

»Wir führen keine offene Beziehung«, sagte Francescas und setzte sich wieder. »Er weiß nicht Bescheid.« Sie sah die beiden Männer flehend an. »Er darf es auch nicht erfahren. Versprechen Sie mir das. Er ist sehr eifersüchtig.«

»Aber Madame Francescas, ich kann Ihnen nichts versprechen. Bedenken Sie, wir ermitteln in einem Mordfall. Ihre Freundin wurde vergiftet. Ihre Beziehung war möglicherweise das Motiv, oder auch nicht. Ich frage mich vor allem, warum Sie uns das alles nicht gleich erzählt haben. Man könnte meinen, Sie halten uns für minderbemittelt.«

Francescas riss entsetzt die Augen auf. »Nein, natürlich nicht. Ich dachte nur nicht, dass ich dazu verpflichtet bin.«

»Das zu beurteilen, ist nicht Ihre Sache.«

»Nein«, erwiderte die junge Frau kleinlaut. Quentin wunderte sich über Brossards ostentativen Ärger. Anscheinend waren sie beide unabhängig voneinander zu demselben Schluss gekommen: Sie mussten ihre Tatverdächtigen allesamt ein bisschen aus der Fassung bringen.

»Gibt es noch etwas, das ich wissen sollte?«

»Ich glaube nicht.«

»Es ist Ihnen klar, dass wir mit Ihrem Mann sprechen werden. Kannte er Solveig?«

»Nein, das habe ich doch schon gesagt. Er ist sehr beschäftigt. Die wenige Freizeit, die ihm bleibt, verbringt er mit mir und den Mädchen oder beim Tennis mit Freunden.«

»Wo finde ich ihn heute?«

Nathalie seufzte.

»Momentan ist er verreist, er nimmt irgendwo an einem Kongress teil. Er müsste morgen oder übermorgen zurück sein. Fragen Sie seine Sekretärin, sie weiß mehr darüber als ich.«

# 31

»Das war ganz schön hart«, wandte sich Quentin an den Leutenant, als sie im Auto saßen. Nach dem anstrengenden Gespräch mit Francescas hatte Brossard den Wunsch geäußert, eine Runde mit Quentins DS zu drehen. Doch zu seiner großen Enttäuschung setzte sich Quentin ans Steuer. Er überließ sein Schmuckstück prinzipiell keinem anderen.

»Haben Sie Pain gefunden?«, wollte er wissen, nachdem sie sich in den Verkehr eingereiht hatten.

»Wenn das so wäre, hätte ich es Ihnen mitgeteilt.«

Quentin wiegte zweifelnd den Kopf.

»Und das Foto in der Zeitschrift, die DNA, hat das was gebracht?«

»Wir arbeiten dran.«

»Hat Solveigs Bruder den Test bei sich gefunden?«

»Nein, der muss mit den anderen Papieren verbrannt sein.«

»Das Foto und der Test, beide verschwunden?«

»Zufälle dieser Art sind ziemlich selten«, räumte Brossard ein. »Aber auszuschließen sind sie nicht. Meiner Meinung nach kann man sowieso nie irgendwas ausschließen. Das Leben erlaubt sich zu gern einen Scherz.«

Quentin setzte zum Überholen an, weil ein Bus ihm die Sicht versperrte, und konnte gerade noch einem Motorrad ausweichen, das sich zwischen den Autos hindurchschlängelte.

»Ich wüsste gern, wer sich für Solveig Brenners Patientenakte interessiert hat«, fuhr Brossard fort. »Die Person, die sich für das Medikament als Mordwaffe entschieden hat, muss die Akte gelesen haben. Sie wusste von Solveigs Herzproblemen und dass sie ständig ein Röhrchen mit Gel-Kapseln bei sich trug. Es gibt da so einige Kandidaten …«

Brossard stöhnte leise auf, und als Quentin ihn von der Seite ansah, war sein Gesicht schmerzverzerrt.

»Alles okay, Lieutenant?« Ein dumpfes »Hmmm« war die Antwort.

Vor ihnen flog eine Mercedestür auf, und Quentin musste abrupt auf die Bremse treten. Er fluchte leise. Brossard stöhnte noch einmal.

»Geht es Ihnen nicht gut?«

Der Lieutenant winkte matt ab. »Alles okay. Das ist wirklich ein schöner Wagen. In puncto Sicherheit allerdings eine Katastrophe.«

In der Rue Jenner dirigierte Brossard ihn an dem gewaltigen Klinikkomplex vorbei zum Lieferanteneingang und ließ ihn davor halten.

Quentin schlang im Stehen ein Schinkensandwich hinunter, während Brossard, gegen das Auto gelehnt, einige Telefonate führte. Quentin hatte den Eindruck, dass der Polizist immer noch von heftigen Schmerzen geplagt wurde. Zum ersten Mal fragte er sich, wie Brossards Alltag wohl aussah, wenn er nicht im Dienst war. Capitaine Corsini, den er bei dem Mordfall im Club Narcisse kennengelernt hatte und der inzwischen im Ruhestand war, hatte einmal zwei Siamkatzen erwähnt, um die sich der Lieutenant hingebungsvoll kümmerte. Doch die Vorstellung, dass dieser athletische, fast übertrieben männliche *Flic* zwei kleine Katzen bemutterte, war regelrecht komisch. Als Junggeselle achtete er vermutlich viel zu wenig auf eine gesunde Ernährung – hingen seine Beschwerden vielleicht damit zusammen?

Anfangs hatten sich die beiden Männer nicht ausstehen können. Brossard war störrisch und autoritär aufgetreten, und Quentin hatte den arroganten Snob herausgekehrt. Doch mit der Zeit hatte er den Lieutenant besser kennengelernt und in einem anderen Licht gesehen. Er empfand bald eine Art Respekt und begann, Vertrauen zu fassen. Das war umso erstaunlicher, als er dazu neigte, aller Welt grundsätzlich zu misstrauen.

Ein kalter Windstoß ließ ihn erschauern. Er knüllte die Verpackung seines Sandwichs zusammen, warf sie in einen Abfalleimer und gab Brossard durch eine Handbewegung zu verstehen, dass er lieber im Klinikfoyer auf ihn wartete. Er stellte sich vor das Schwarze Brett und widmete sich den Ankündigungen, bis der Lieutenant ihm auf die Schulter tippte: »Hier trennen sich unsere Wege. Wir teilen uns die Arbeit auf. Meine Kollegen und ich müssen das Personal in der kardiologischen Abteilung befragen, ohne dass Francescas' Sekretärin davon Wind bekommt. Deshalb werden Sie ihr einen kleinen Besuch abstatten und es so einrichten, dass sie sich mit Ihnen an einem diskreten Ort trifft. Die Kirche Saint Louis eignet sich gut, sie liegt in der Nähe des Haupteingangs. Sie werden das schon schaffen. Nutzen Sie die Gelegenheit und ziehen Sie ihr die Würmer aus der Nase. Wenn Sie fertig sind, schicken Sie mir eine SMS. Ich rufe Sie dann an und sage Ihnen, wo Sie mich finden.«

Quentin nickte und machte sich auf den Weg in die Kardiologie. Er fand die Sekretärin mit der beachtlichen Oberweite im Empfangszimmer hinter ihrem Schreibtisch und setzte sein schönstes Lächeln auf. Doch auf sein höfliches »Guten Tag!« antwortete die Frau deutlich zurückhaltender.

»Sieh mal einer an, der Herr von der Polizei! Ich dachte mir schon, dass Sie wiederkommen, aber nicht so schnell. Sie wollen den Herrn Professor sprechen, er ist nicht da. Oder wollen Sie mir wieder zu meiner Gardenie gratulieren?«

Quentin trat langsam näher, stützte sich mit den Händen auf der Schreibtischplatte ab, beugte sich vor und sagte mit leiser Stimme: »Unterhalten möchte ich mich mit Ihnen, Madame. Aber nicht hier, sondern an einem ruhigeren Ort, unbehelligt von neugierigen Blicken. Treffen Sie mich in zehn Minuten in der Kirche. Ich erwarte Sie dort.« Er blinzelte ihr verschwörerisch zu. Dann richtete er sich auf und drehte sich um, nicht ohne sich durch einen verstohlenen Blick vergewissert zu haben, dass es ihm gelungen war, die Sekretärin in Verwirrung zu stürzen. Rasch verließ er das Zimmer.

Am Hauptausgang sah er Brossard und Kéraudy, die ein paar Meter entfernt voneinander standen und in seine Richtung blickten. Er reckte den Daumen nach oben und ging in Richtung Saint Louis. Die Kirche war 1670 auf Befehl Ludwigs XIV. entstanden. Sie war das Werk des Architekten Libéral Bruant, der sie nach Plänen von Le Vau erbaut hatte. Ihr Grundriss folgte dem griechischen Kreuz: Um eine zentrale Vierung in der Mitte gruppierten sich vier weitere Kirchenschiffe mit Seitenkapellen. Abgesehen von der eleganten Glaskuppel, einer respektablen Orgel und einigen Gemälden hatte der Bau nichts Außergewöhnliches aufzuweisen und zog darum weder einheimische Besucher noch Touristen an. Auch an diesem Tag hatte kaum ein Dutzend Menschen den Weg in die Kirche gefunden. Fast alle knieten in den Betstühlen, und Quentin stellte sich vor, dass sie den Herrn baten, er möge die Angehörigen im Krankenhaus nebenan heilen, die sie gerade besucht hatten, oder deren Leiden lindern – oder die Seelen derjenigen in den Himmel aufnehmen, für die man nichts mehr tun konnte. An manchen Tagen hätte er viel darum gegeben, gläubig zu sein.

Er setzte sich ans Ende einer Kirchenbank, an eine Stelle, die vom Hauptportal aus gut sichtbar war. Er war noch mit seinen Überlegungen beschäftigt, wie er mit Madame Desmoulins am besten verfahren sollte, als die Sekretärin ihr gut gepolstertes Hinterteil ein Stück von ihm entfernt auf die Bank pflanzte. Sie blickte starr geradeaus und sagte spitz: »Hoffentlich ist das, was Sie mir zu sagen haben, die Mühe und den Weg wert.«

»Unbedingt, und das wissen Sie auch, Madame, sonst wären Sie nicht hier. Ich hatte eine Unterredung mit Ihrem Sohn.«

Sie erstarrte.

»Alain hat zugegeben, dass er von der lesbischen Beziehung zwischen Madame Francescas und Solveig Brenner gewusst hat.«

»Und was geht das mich an?«

»Er hat Ihnen davon erzählt, und Sie haben es brühwarm Ihrem Chef weitererzählt.«

»Sie sind verrückt! Warum hätte ich das tun sollen?«, entrüstete sich die Sekretärin und sah Quentin zum ersten Mal ins Gesicht.

»Sie sind seit langem verliebt in Jean-Marie Francescas, rettungslos verliebt, aber er liebt seine Frau und ignoriert Ihre Annäherungsversuche, und Sie haben gehofft, dass die Neuigkeit ihn dazu bringt, sich scheiden zu lassen.«

»Lächerlich!«

»Das finde ich auch, aber darum geht es hier nicht. Worum es geht, ist die Frage: Was hilft mir, den Mörder von Solveig Brenner, der Geliebten von Madame Francescas, zu entlarven.«

»Und Sie verdächtigen mich?«

»Warum nicht? Wenigstens der Komplizenschaft.«

»Das reicht!« Sie fuhr hoch und eilte mit klackenden Absätzen aus der Kirche. Quentin angelte sein Handy aus der Tasche und schickte Brossard eine SMS. Dann verließ auch er die Kirche. Vor dem Portal blieb er kurz stehen, um den Blick über den weiten Cour Saint Louis schweifen zu lassen, der die Kirche von der Klinik trennte. Nur wenige Sonnenstrahlen drangen durch den bedeckten, grauen Himmel, und er schlug fröstelnd den Mantelkragen hoch. Sein Handy klingelte. Brossard wollte ihn an der Promenade des Hauteurs treffen, im Square Maurice Prost.

Als Quentin den Innenhof erreichte, lehnte Brossard mit dem Rücken an einem Baum, das Handy am Ohr. Mit einer Handbewegung bat er Quentin um Geduld. Der schüttelte eine Zigarette aus der Schachtel und tastete in seinen Taschen vergeblich nach einem Feuerzeug. Brossard beendete das Telefonat und drehte sich zu ihm. »Und, wie war's mit der Sekretärin?«

»Sie haben nicht zufällig mein Feuerzeug?«

Der Polizist fischte es aus seiner Jackentasche und gab es Quentin zurück.

»Hypothese bestätigt«, sagte Quentin und zündete sich die Zigarette an. »Sie ist verrückt nach Francescas und wollte das Geheimnis, das ihr Sohn ausgeplaudert hat, benutzen, um seine Frau aus dem Weg zu räumen.«

»Der Mann mag ja ein großer Charmeur sein, aber er hat wahrlich nicht nur Freunde. Was wissen wir über ihn? Hervorragender Mediziner, Genussmensch, Womanizer, extrem selbstsicher, autoritär und cholerisch.«

»Mit Verlaub, ich kenne eine ganze Reihe von Chirurgen, auf die das zutrifft.« Quentin zog an seiner Zigarette. »Autoritär sind sie fast alle. Sie müssen in Sekundenschnelle Entscheidungen über Leben und Tod treffen, das prägt den Charakter – oder deformiert ihn, wie man's nimmt. Selbstsicherheit ist da eine Notwendigkeit. Manche benehmen sich, als wären sie der liebe Gott persönlich, aber man muss ja auch zugeben, dass kaum ein anderer Berufsstand dem Allmächtigen so ähnlich ist.«

Brossard betrachtete ihn stumm.

»Das klingt nach Bewunderung. Üblicherweise sind Sie von Menschen nicht so schnell beeindruckt.«

»Sie bewundern Chirurgen nicht?«

»Darüber habe ich noch nicht nachgedacht. Ich lerne die Menschen selten in Zusammenhängen kennen, in denen ihre besten Seiten zum Vorschein kommen. Auch das deformiert den Charakter. Es kann einen, ehrlich gesagt, sogar ziemlich deprimieren. Bei Polizisten ist der Prozentsatz der Alkoholiker sehr hoch. Auch Suizid kommt gelegentlich vor. Machen Sie lieber weiter Musik und bewundern Sie die Chirurgen. Das bekommt einem besser. Und geben Sie mir eine Zigarette.«

»Wenn Sie wieder mit dem Rauchen anfangen, sollten Sie erwägen, sich selbst welche zu kaufen.« Quentin gab ihm Feuer und hielt ihm das Feuerzeug vor die Nase. »Und so eins!«

Brossard stieß mit Behagen Rauch aus. Doch gleich darauf verzog sich sein Gesicht zu einer Grimasse und er trat die kaum gerauchte Zigarette aus.

»Alles okay?«, fragte Quentin beunruhigt.

»Ja, ja, alles bestens, es ist nur die Müdigkeit …«

Quentins Handy klingelte. Er nahm ab und vernahm die Stimme seiner Mutter, die auf ihn einredete und ihn nicht zu Wort kommen ließ.

»Was ist los?«, fragte Brossard, als er aufgelegt hatte.

»Meine Mutter ist völlig außer sich. Sie will, dass ich sofort zu ihr komme. Mehr hat sie nicht gesagt.«

# 32

Sie fanden Rosa im abgedunkelten Wohnzimmer, kraftlos auf dem Sofa ausgestreckt. Noch im Mantel setzte sich Quentin neben sie und legte ihr den Arm um die Schulter.

»Was ist denn?«, fragte er sanft.

Brossard blieb stehen und betrachtete leicht verlegen die intime Szene zwischen Mutter und Sohn. Die Fassadenreinigung war in die heiße Phase eingetreten, Kratz- und Pfeifgeräusche wechselten sich in einem chaotischen Rhythmus ab.

»Du erinnerst dich doch noch an das, was du mir über deinen Kampf mit Pain erzählt hast«, begann Rosa, »und über seinen Sturz gegen den Stahlkäfig?«

Quentin nickte, nicht so sehr als Antwort auf ihre rhetorische Frage, vielmehr als Ermutigung weiterzusprechen.

»Du hast mir erzählt, dass du ihm wehgetan hast und er sich wegen der Blutergüsse am Rücken noch lange daran erinnern wird«, fuhr Rosa fort.

Quentin zog vorsichtig den Arm unter ihrer Schulter hervor, stand auf und legte seinen Mantel ab. Brossards Handy klingelte, aber er ignorierte es.

»Gestern Abend haben wir in dem Thai-Restaurant in der Rue Douai gegessen. Dann hat mich Thomas ins Hotel begleitet, ist aber noch mal weggegangen. Er musste einen japanischen Sammler am Flughafen abholen. Ich habe mich sofort ins Bett gelegt. Ich war erschöpft, wegen der anstrengenden Nacht auf der Wache. Als ich am nächsten Morgen aufgewacht bin, schlief Thomas neben mir. Alles war wie immer, nur hatte er sich einen Pyjama angezogen. Ich dachte, ihm wäre kalt. Ich bin dann nach unten gegangen und habe gefrühstückt.«

Brossard lauschte mit gerunzelter Stirn.

»Als ich ins Zimmer zurückkam, war Thomas im Bad. Weil das Wasser lief, hat er mich nicht kommen hören. Die Tür stand einen Spalt offen. Ich habe die Sachen zusammengesucht, die ich für meine Verabredung mit Pierre brauchte, und dabei habe ich gehört, wie Thomas aus der Dusche kam. In dem Spiegel am Kleiderschrank konnte ich ihn durch die offene Badezimmertür sehen. Und für einen kurzen Moment, bevor er sich einen Bademantel überzog, hatte ich seinen Rücken im Blick.«

Quentin wusste, was kam. In ihm stritten Ungläubigkeit und Abscheu.

»Er hatte einen Bluterguss«, folgerte Brossard.

»Unübersehbar«, bestätigte Rosa. »Ich war erschrocken und wollte ihn schon fragen, woher er ihn hatte, da merkte er, dass ich zurück war. Er sah mich ganz seltsam an. So einen Blick habe ich noch nie gesehen. Dann hat er ohne ein Wort die Badezimmertür zugemacht. Das hat mich irritiert, und ich bin aus dem Zimmer gegangen. Erst auf der Straße ist mir Pain eingefallen … Ich bin zu Fuß bis zu dir gelaufen, weil ich gehofft habe, dass du zu Hause bist. Irgendwann habe ich mich dann dazu durchgerungen, Thomas anzurufen, aber er hat nicht abgenommen. Da habe ich die Rezeption angerufen, damit sie mich ins Zimmer durchstellen. Die Empfangsdame hat mir gesagt, dass Monsieur Wayne gerade ausgecheckt habe … mit seinem Gepäck.«

Eine Zeit lang hörte man nur das Kratzen der Maurerkellen an der Hauswand. Rosa starrte auf ihre Schuhspitzen, Quentin auf die Staubkörnchen, die durch die Luft tanzten. Niemand wollte übereilt Rückschlüsse ziehen, doch die Fakten sprachen eine eindeutige Sprache, und sie waren verstörend.

»Wie lange ist das her?«, fragte Brossard.

»Eine knappe Stunde. Ich habe Quentin gleich nach meinem Gespräch mit der Rezeption angerufen.«

»Scheiße!« Brossard griff nach seinem Telefon und gab Anweisung, die Flughäfen zu überwachen und das Hotelzimmer auf DNA-Spuren zu untersuchen.

»Halten Sie es für möglich, dass Thomas Wayne dieser Pain ist?«, fragte er Rosa. »Es könnte andere Erklärungen für seine Hämatome geben, eventuell auch nicht sehr erfreuliche, aus Ihrer Sicht. Im Grunde haben wir keinen Beweis, dass es sich um ein und dieselbe Person handelt. Wieso vermuten Sie, dass er unser Mann ist?«

»Das weiß ich nicht«, gab Rosa zu. »Dieser Blick. Eine Intuition. Ich kann es nicht beschreiben.«

Quentin war immer noch wie benommen.

»Ich hätte jetzt gern eine Stärkung«, sagte Rosa mit schwacher Stimme. Quentin holte drei Gläser und eine Flasche Whisky von der Esstheke. Brossard setzte sich Rosa gegenüber. »Sie kennen diesen Mann schon lange?«

»Ja, aber wir haben uns anfangs nur bei Ausstellungen getroffen. Nähergekommen sind wir uns erst vor ein paar Monaten.«

»Er besitzt mehrere Galerien, richtig?«

»Das hat er mir gesagt, aber ich weiß nicht, ob es wahr ist oder nicht …«

»Soviel ich weiß, ist er Amerikaner und spricht Französisch mit Akzent. Pain hatte aber keinen Akzent, oder, Belbasse?«

Quentin schüttelte den Kopf, stellte die Gläser auf ein niedriges Tischchen und goss in jedes einen Fingerbreit Whisky. Rosa nahm sofort einen Schluck.

»Die Stimmlage und die Statur könnten allerdings passen«, ergänzte Quentin nachdenklich.

Brossard trat ans Fenster. Die Geräusche waren verstummt, die Arbeiter schienen eine Pause zu machen. »Möglicherweise hat

Wayne aus einem anderen Grund ausgecheckt. Vielleicht ist er unschuldig und fürchtet, für Pain gehalten und des Mordes an Solveig Brenner beschuldigt zu werden. Wie Victor …«, spekulierte Quentin laut.

Brossard ging nicht darauf ein. Seine Aufmerksamkeit galt allein Rosa. »Ich muss Ihnen jetzt ein paar unangenehme Fragen stellen.«

Rosa nickte resigniert, und Quentin zog es vor, eilig das Badezimmer aufzusuchen.

»Ist Ihnen in Bezug auf seine sexuellen Praktiken etwas aufgefallen?«

»Wollen Sie wissen, ob er mich gefesselt oder ausgepeitscht hat oder Dinge dieser Art?«

»Ja.«

»Nur die gängigen Spielchen, keine echte Gewalt.«

»Und Sie hatten nie den Verdacht, dass er ein anderer sein könnte, als er zu sein vorgab?«

»So häufig haben wir uns nicht gesehen. Wir sind beide freie Menschen mit einem vollen Terminkalender.«

»Gut.«

Als Quentin zurückkam, stand Brossard auf.

»Heute Abend können wir nicht mehr viel unternehmen. Kommen Sie bitte am Montagvormittag am Quai des Orfèvres vorbei, damit wir zum Abgleich eine DNA-Probe entnehmen können.« Er drückte Rosa und Quentin die Hand und ging. Seinen Whisky hatte er nicht angerührt.

# 33

Rosa wälzte sich schlaflos in Quentins Bett, ihr Sohn schlief auf dem Sofa auch nicht viel besser. Nachdem Brossard gegangen war, hatten sie nur noch ein paar bemüht aufmunternde Worte gewechselt und es vermieden, der Situation auf den Grund zu gehen. Rosa fühlte sich gedemütigt. Sie lag stundenlang wach und starrte an die Decke. Die Schlaftablette, die sie genommen hatte, begann erst gegen zwei Uhr nachts zu wirken. Quentin hatte keine Tablette gewollt, was er später bereute, denn er wälzte sich von rechts nach links und kam nicht zur Ruhe. Gegen drei gewann die Müdigkeit endlich die Oberhand, doch da stieg ihm auf einmal der Geruch von verbranntem Gummi in die Nase. Er schien von draußen zu kommen. Quentin öffnete das Fenster und nahm durch die Plastikplane hindurch ein rötliches Flackern wahr. Hektisch kletterte er über das Schutzgeländer, stieg auf das Baugerüst und schob die Plane zur Seite. Er traute seinen Augen nicht: Seine geliebte DS stand in Flammen! Anscheinend war Monsieur Almeida bereits tätig geworden, denn in der Ferne erklang Sirenengeheul. Quentin kletterte in die Wohnung zurück, zog sich eine Hose über und rannte die Treppe hinunter. Als er aus der Haustür trat, waren die Feuerwehrleute schon am Werk. Er sah es auf den ersten Blick: Diesmal war seine getreue Göttin nicht mehr zu retten. Er kauerte sich auf den Gehweg und ließ den Kopf hängen. Der Portier trat auf ihn zu, legte ihm die Hand auf die Schulter und sagte zum ersten Mal kein Wort. Vom Leiter des Löschzugs erfuhr er nichts, was er nicht schon geahnt hätte: Es handelte sich um Brandstiftung. Und er wusste sogar, wer sie begangen hatte.

Ein paar Stunden später ging er, wie er es sonntags häufig tat, zum Frühstücken in ein kleines Café. Dann absolvierte er im Schwimmbad kraulend seine tausend Meter. In ihm brodelten Wut und Trauer, und er brauchte die gewohnten, rituellen Abläufe, um dagegen anzukommen. Schwimmen war der einzige Sport, den er regelmäßig ausübte, wenn man von seinen sportlichen Leistungen auf der Bühne absah. Zum Mittagessen traf er sich mit seinem Freund Moulin-le-Rouge, seinem einzigen langjährigen Vertrauten, der gerade aus den Ferien zurückgekommen war. Rosa gab kein Lebenszeichen von sich. Auch sie wollte anscheinend allein sein. Als Quentin am Nachmittag in die Wohnung zurückkam, war sie fort. Er nahm sich eine seiner Gitarren und studierte die Partituren, die ihm für die geplante Tournee zugeschickt worden waren. Später, Rosa war inzwischen zurückgekehrt, musste er seiner Mutter eröffnen, dass Thomas Wayne sein Auto angezündet hatte. Sie sah ihren Sohn dabei nur stumm an. Ohne es auszusprechen, dachten sie beide dasselbe: Von nun an würden sie sich Tag ein, Tag aus bedroht fühlen.

Am nächsten Tag weckte Rosa ihren Sohn mit einer Tasse Kaffee. Später am Vormittag war Quentin in seinem Viertel unterwegs, um ein paar Erledigungen zu machen, als sein Handy klingelte.

»Sitzen Sie?«, fragte Brossard.

»Nein? Sie etwa?«

»Das sollten Sie aber.«

Mit dem Telefon am Ohr machte sich Quentin in Richtung Square d'Anvers auf. »Warum?«

Auf einem Spielplatz für Kleinkinder vergnügten sich ein paar dick eingemummelte Knirpse. Ihre Mütter und Kinderfrauen standen ins Gespräch vertieft am Rand. Es war zu kalt, um sich auf eine Bank zu setzen.

»Ist Ihre Mutter bei Ihnen?«

»Nein!«, rief Quentin ungeduldig. »Sagen Sie mir jetzt, was los ist, ja oder nein?« Er war auf das Schlimmste gefasst.

»Wir konnten das Foto von dem DNA-Test, das Solveig Brenner gemacht hat, recht gut rekonstruieren.«

»Ja, und?« Quentin versuchte, sich eine Zigarette anzuzünden, aber der Wind blies die Flamme des Feuerzeugs jedes Mal umgehend aus. Er verrenkte sich schier in seinem Bemühen, das Feuerzeug mit der Hand abzuschirmen und gleichzeitig das Handy am Ohr zu behalten.

»Wir haben uns im Hotelzimmer umgesehen. Der Abfallkorb war geleert, das Zimmer aufgeräumt. Nicht durch die Reinigungskraft, sondern durch Wayne. Aber er muss in Eile gewesen sein, denn in der Badewanne fanden wir Haare von mehreren Personen. Wir haben sie analysieren lassen. Bei einer DNA gibt es Übereinstimmungen.«

»Womit? Ich verstehe gar nichts.«

»Doch, Belbasse, Sie verstehen. Solveig Brenners Vergewaltiger und Thomas Wayne sind ein und dieselbe Person.«

»Ich könnte kotzen, ehrlich. Aber ich habe auch eine hübsche Neuigkeit für Sie. Wayne hat mir eine Botschaft hinterlassen.«

»Ach ja?«, sagte Brossard interessiert. »Welche?«

»Er hat mein Auto angezündet.«

Der Polizist schwieg. »Hören Sie, Belbasse«, sagte er dann, »Sie müssen künftig sehr auf der Hut sein.«

Quentin legte auf. Seine Umgebung sah noch genauso aus wie gerade eben. Die Kinder spielten, der Wind trieb die Wolken über den Himmel, ein paar vereinzelte Sonnenstrahlen drangen bis zur Erde durch. Wie erstarrt blieb Quentin mitten auf dem Platz stehen. Ein nicht unattraktiver Mann von fünfunddreißig, der sich fragte, warum sein Leben unter einem dermaßen schlechten Stern stand. Bis zu welchem Punkt musste man die Dinge ertragen, die einem zustießen? Musste er wirklich nach Hause gehen und Rosa diese neue Nachricht überbringen, bevor andere, weniger einfühlsame Menschen das übernahmen? Denn das hatte der Lieutenant mit seinem Anruf in Wahrheit bezwecken wollen. Er wollte, dass er es Rosa beibrachte, damit sie auf die Fragen vorbereitet war, die in ein, zwei Stunden auf sie einprasseln würden. Wo war die Grenze des Erträglichen? Selbst das schlimmste Erlebnis konnte, so schien es, von einem noch schlimmeren übertroffen werden.

Ein kleines Mädchen in einem rosaroten Mantel, eine bunt geblümte Mütze auf dem Kopf, tat ein paar wackelige Schritte auf Quentin zu und lachte ihn strahlend an, weil es ihr gelungen war, auf den Füßen zu bleiben. Quentin warf seine Kippe in den Abfall und straffte sich. Es war in der Tat besser, wenn er seine Mutter vorwarnte.

Rosa saß auf dem Sofa und trank Tee. Quentin setzte sich ihr gegenüber und betrachtete sie. An diesem Morgen sah man ihr an, dass sie nicht mehr die Jüngste war. Nach den Ereignissen der letzten Tage war das kein Wunder, und der Schrecken war noch nicht zu Ende.

»Maman, ich muss dir etwas sagen«, begann Quentin. Rosa nickte und hörte sich alles bis zum Ende an, ohne mit der Wimper zu zucken.

Sie stöhnte nicht, sie weinte nicht. Sie wusste schon lange, dass es keine Grenzen für das Unerträgliche gibt. Wenn man einstecken musste, steckte man ein, so gut es eben ging. Man musste die Verantwortung für das eigene Handeln übernehmen, bis zum bitteren Ende. Als Quentin zu Ende gesprochen hatte, stand sie auf, zog sich an und machte sich ausgehfertig.

»Ich nehme an, dass sie am Quai des Orfèvres meine Aussage benötigen. Ich muss ja sowieso hin, wegen der DNA-Probe.«

»Soll ich mitkommen?«, fragte Quentin.

»Nein. Es kann ein bisschen dauern. Warte nicht auf mich.«

Rosa hatte nicht das geringste Bedürfnis, von anderen umsorgt zu werden. Und schon gar nicht von ihrem eigenen Sohn. Freilich hätten gewisse Leute ihre eigenwilligen Moralvorstellungen und Meinungen als Schnapsideen abgetan. Sie schlief, mit wem sie wollte. Sie stürzte sich in neue Erfahrungen, sooft sich die Gelegenheit dazu bot, aber man konnte ihr nicht vorwerfen, dass sie nicht dazu stand. Sie hatte sich einem Vergewaltiger hingegeben. In ihren Augen gab es kaum eine verwerflichere Tat. Sie fühlte sich gekränkt, verhöhnt und schuldig, aber sie flüchtete sich weder in Verleugnung noch in Krankheit.

Als die Tür hinter Rosa ins Schloss fiel, umgab ihn unvermittelt eine Leere. Quentin wusste auf einmal nicht mehr, was er mit sich anfangen sollte. Das Alleinsein, das er zwischendurch so sehr herbeigesehnt hatte, ließ ihn nicht zur Ruhe kommen. Alle fünf Minuten kontrollierte er sein Handy. Ihm war nach Action. Seine Nerven waren zum Zerreißen gespannt. Violetta, die klingelte, um mit ihm den Verlust seiner DS zu betrauern und ihm moralische Unterstützung anzubieten, bekam seine Rastlosigkeit ungefiltert zu spüren. Er beantwortete ihre Fragen einsilbig und komplimentierte sie bald wieder hinaus. Allmählich bekam er eine Ahnung davon, wie Brossards Privatleben aussehen musste.

Um sich die Zeit zu vertreiben, versuchte er sich an alles zu erinnern, was Thomas ihm je erzählt hatte: Er war der Besitzer von Solveigs Hausboot und stellte regelmäßig ihre Fotokunst aus. Hatte er womöglich den Kontakt zu ihr nie abreißen lassen? Hatte er ein perverses Vergnügen daran empfunden, ihr von Wien nach Paris und New York zu folgen und sich als ihr bester Freund auszugeben? Er hatte ihr geholfen, sich in der Kunstszene einen Namen zu machen. Mit seiner Unterstützung hatte sie Verträge abgeschlossen und ihre Nische gefunden. Vielleicht war er sogar noch weitergegangen und hatte in einer seiner Galerien ihre Fotografie des DNA-Tests ausgestellt. Denn was hatte er schon riskiert? Niemand wäre auf die Idee gekommen, zwischen ihm und dem widerlichen Typen, der die junge Frau traumatisiert hatte, eine Verbindung herzustellen. Plötzlich kam Quentin ein schrecklicher Gedanke. Er griff nach seinem Mantel und stürzte aus der Wohnung.

# 34

Auf der Polizeiwache ging alles seinen gewohnten Gang. Es war ein Tag wie jeder andere. Drei fußballbegeisterte Beamte, die um einen Kaffeeautomaten herumstanden, kommentierten ein Spiel von Paris Saint-Germain gegen Olympique Marseille. Quentin sprintete zu Brossards Büro und klopfte an. Sekunden später ging die Tür auf, vor ihm stand Kéraudy, der flüchtig grüßte und mit einer Mappe in der Hand in den langen Flur verschwand. Brossard saß am Schreibtisch und telefonierte. Rosa, auf dem Stuhl gegenüber, schenkte ihrem Sohn ein schwaches Lächeln.

»Sehr gut.« Brossard kritzelte ungeduldig etwas auf einen Block. »Ich verstehe. Ja, natürlich. Wir sind auch mit Arbeit mehr als eingedeckt. Ein *Flic,* der nicht überarbeitet ist, ist ein *Flic* im Ruhestand. Ja … einverstanden … Ihnen auch.«

Er legte auf.

»Willkommen, Belbasse. Die Familie ist komplett. Das mit Ihrem Auto tut mir wirklich leid.«

Quentin runzelte die Stirn. Das letzte Mal, dass von »Familie Belbasse« die Rede gewesen war, hatte Thomas Wayne dazugehört. Die Erinnerung schmerzte.

»Ich will Sie nicht stören, aber ich muss Ihnen etwas sagen.«

»Gut, ich glaube, wir sind fertig«, erwiderte Brossard und stand auf. Rosa nickte. Im Nebenzimmer klingelte beharrlich ein Telefon.

Rosa streckte die verspannten Glieder. »Ich würde jetzt gern eine rauchen.«

»Du hast seit dreißig Jahren nicht geraucht!«, wandte Quentin ein.

Vom Flur her hörte man das Getrappel eiliger Schritte.

»Ja, und? Es wird mich ein paar Jahre jünger machen.« Sie bediente sich aus der Schachtel, die ihr Quentin widerstrebend hinhielt.

»Sie wissen, dass das verboten ist«, sagte Brossard. »Demnächst werden sie hier Rauchmelder anbringen.« Quentin gab seiner Mutter Feuer und legte das Feuerzeug auf den Schreibtisch.

»Und?«, fragte Brossard.

»Ich weiß nicht, ob ich es in Gegenwart meiner Mutter aussprechen sollte …«, begann Quentin zögernd.

»Lass gut sein«, sagte Rosa resigniert, »ich wüsste wirklich nicht, was mich jetzt noch schockieren sollte.«

Quentin verzog das Gesicht und sah Brossard abwartend an.

»Reden Sie.«

»Ich wollte Ihnen vorschlagen, dass Sie die DNA des Fötus analysieren lassen.«

Rosa sah ihn verständnislos an.

Brossard lächelte. »Zwei Dumme, ein Gedanke.«

»Sie haben es schon machen lassen?«, fragte Quentin aufgeregt.

Der Lieutenant nickte. »Thomas Wayne ist auch der Vater des Kindes.«

Rosa brachte nur ein ersticktes »Oh, nein!« heraus.

»Genau das hatte ich befürchtet«, murmelte Quentin.

War eine so perverse Obsession wirklich möglich?

Quentin zog nervös an seiner Zigarette. »Und Sie haben ihn immer noch nicht aufgespürt?«

»Ein Flugzeug hat er nicht genommen. Er kann sich irgendwo in Europa aufhalten. Die Öffnung der Grenzen hat nicht nur gute Seiten.«

»Wenn ich es richtig sehe, kennen wir nicht mal seine Nationalität«, sagte Quentin entmutigt.

»Wem gehört eigentlich dieses Feuerzeug?«, schaltete sich Rosa unvermittelt ein. Sie drehte das orangerote Bic-Feuerzeug zwischen den Fingern, mit dem Quentin ihre Zigarette angezündet hatte. Die beiden Männer verstummten überrascht.

»Ich weiß nicht. Mir, glaube ich. Du weißt doch, Feuerzeuge wandern von Hand zu Hand …«

»Das hier hat eine Besonderheit«, sagte Rosa. Brossard und Quentin beugten sich vor und entdeckten auf der Unterseite einen kleinen Kreis.

»Die Markierung stammt von mir. Ich habe alle Feuerzeuge so gekennzeichnet, die zu meiner ›Collection Zero‹ gehörten. Am letzten Tag habe ich sie alle an Besucher der Ausstellung und Freunde verschenkt. Ich habe nicht ein einziges behalten.«

»Das hier war vermutlich noch unter deinen Sachen, und ich habe es eingesteckt, ohne es zu merken«, sagte Quentin beschwichtigend.

»Nein, ich habe keins behalten.«

Brossard machte ein skeptisches Gesicht. »Na, das scheint mir doch ein wenig an den Haaren herbeigezogen. Wem haben Sie denn zum Beispiel so ein Feuerzeug gegeben?«

»Solveig.«

»Dann hat Ihr Sohn es auf dem Hausboot eingesteckt.«

»Nein, sicher nicht!«, wehrte sich Quentin. »Ich habe mich zwar vor Ihnen dort umgesehen, aber gewisse Regeln beachte ich schließlich. Ich würde nie irgendetwas einstecken! Meine Mutter kann das bezeugen.«

Brossard war nicht überzeugt. »Die Postkarte *haben* Sie eingesteckt!«

»Das stimmt«, gab Quentin zu. »Aber sie war nicht auf dem Hausboot. Und ich weiß mit Sicherheit, dass ich nichts weiter mitgenommen habe. Vielleicht waren Sie es ja selbst, oder einer Ihrer Männer …«

»Auf keinen Fall!«

Brossard griff nach dem Telefonhörer und machte einen internen Anruf. Kurz darauf stand Kéraudy im Türrahmen.

»Sagt dir dieser Gegenstand etwas?«, fragte Brossard. Kéraudy kam näher und nahm das Feuerzeug in die Hand. »Ich rauche nicht.«

Schon war er wieder aus der Tür.

»Ich weiß wirklich nicht, wozu das gut sein soll«, sagte Brossard leicht gereizt.

»Maman, du bist dir sicher, dass es nicht von dir ist?«, fragte Quentin eindringlich.

Rosa nickte vehement.

»Könnte es Thomas gehört haben?«

»Er raucht auch nicht.«

Quentin hob die Augenbrauen. »Das glaubst du … Wie wir erfahren mussten, weißt du nicht besonders viel über diesen Typ.«

Rosa warf ihm einen vorwurfsvollen Blick zu. »Einen Raucher erkennt man an seinen Zähnen und seinem Atem.«

»In Ordnung.« Quentin wandte sich an Brossard: »Seine wahre Identität kennen Sie immer noch nicht?«

»Er hat mehrere, aber wir prüfen alle. Vorläufig ist er noch in keiner der Galerien aufgetaucht, die ihm offiziell gehören, und auch an keinem Wohnsitz, wo er registriert ist. Um ehrlich zu sein, haben wir nicht viel in der Hand. Er wird verdächtigt, Gewalt gegen Sie angewendet und Sie verletzt zu haben, aber einen Beweis dafür haben wir nicht. Und Ihre Mutter hat natürlich kein Foto von seinem Rücken.«

»Aber wir haben die Vergewaltigung von Solveig Brenner.«

»Die ist in Frankreich verjährt.«

»Was?«

»Bei einer volljährigen Person nach zehn Jahren. Und Solveig Brenner war zum Zeitpunkt der Tat volljährig. Wie es in Österreich geregelt ist, weiß ich nicht. Wir werden es herausfinden.«

»Mord!«

»Vielleicht, vielleicht auch nicht.«

Rosa gab keinen Ton von sich. Sie wirkte, trotz der Zigarette, um Jahre gealtert.

# 35

Am Nachmittag musste Quentin zu einer Probe für die neue Tournee, die in weniger als zwei Wochen starten sollte. Er war froh, dass er Rosa, die wie eine Schlafwandlerin durch die Wohnung schlich und alle Bewegungen in Zeitlupe ausführte, eine Weile aus dem Weg gehen konnte. Sie tat ihm leid, aber er brachte es nicht über sich, sie zu trösten. Wie auch? In Wirklichkeit war er, wenn er tief in sich hineinhorchte, einfach nur wütend auf sie. Er war ihre Eskapaden leid, auch wenn man ihr diesmal eigentlich keine Vorwürfe machen konnte. Der Gedanke, dass sie sich mit diesem fürchterlichen Menschen im Bett gewälzt hatte, war ihm ein Graus. Deshalb kam ihm die Probe, die ihn wohl sonst nicht unbedingt aufgemuntert hätte, ausnahmsweise sehr gelegen. Eine Session mit seinen Musikerkollegen, bei der sie gemeinsam an ihrem neuen Repertoire arbeiten würden, schien ihm eine willkommene Verschnaufpause.

In dem Wissen, dass Rosa gut aufgehoben war – Pierre kümmerte sich um sie –, konzentrierte er sich ganz auf die Musik. Die Sängerin, eine junge Französin, die sich für Amy Winehouse zu halten schien, ohne deren Talent zu besitzen, war ihm nicht gerade sympathisch. Doch am Bass saß sein langjähriger Freund Jonathan Carter, mit dem er schon viele denkwürdige Abende erlebt hatte – und das wiederum ließ auf eine erfreuliche Tournee hoffen. Sie würden spielen, gut verdienen und ab und zu einen draufmachen. Was wollte man mehr? Für ein paar wenige Stunden war er wieder einmal in seinem Element. Doch als die Probe zu Ende war, hatte er nur noch einen Wunsch: so schnell wie möglich nach Hause zu kommen. Als die anderen ihn fragten, ob er sie noch auf ein Glas begleiten wolle, lehnte er daher höflich ab und verabschiedete sich. In der Hoffnung auf eine SMS von Brossard, checkte er sein Handy, fand aber nur eine Nachricht von Valérie, die besorgt nachfragte, ob er sein Auto immer noch nicht zurückhabe, und ihn zum Essen einlud, um sich für sein Entgegenkommen zu bedanken. Auch seine E-Mails überflog er, aber abgesehen von einem Haufen Spammails war nichts gekommen.

Die Gehwege füllten sich mit Passanten, die nach Feierabend aus ihren Büros in die Metro strömten, wo sie dicht aneinandergedrängt von einem beschwingten oder entspannten Abend träumten. Ein ganz normaler, ein wenig trister Oktobertag neigte sich seinem Ende zu. Bald würden die Leute Allerheiligen begehen und Chrysanthemen auf die Friedhöfe tragen. Bis dahin würde auch Solveig Brenner in ihrem Grab liegen. Der Gerichtsmediziner würde den Leichnam freigeben, weil er ihm keine neuen Informationen mehr entlocken konnte.

Ein leichter Regen setzte ein. Die Passanten legten einen Schritt zu, die leuchtend bunten Ladenschilder spiegelten sich im nassen Asphalt. Ein Lastwagen blockierte eine enge Straße und löste das übliche Hupkonzert aus. Den Lebenden war ganz offensichtlich nicht in vollem Umfang bewusst, wie glücklich sie sich schätzen konnten.

# 36

Als Rosa zurückkam, schlief Quentin schon auf dem Sofa, fest in eine Decke gewickelt. In seinen wirren Träumen verfolgte er noch einmal Victor Rochard, der davonrannte und sich immer weiter von ihm entfernte. Quentin hörte sich selbst keuchen. Wenn das so weiterging, dachte er im Traum, würde sein Herz schlappmachen und er müsste ins Krankenhaus, bevor er den Täter geschnappt hatte. Wie das Herz von Solveig. Hatte sie einen Herzfehler gehabt? Die Frage ließ ihm keine Ruhe, er grübelte, während er immer weiter rannte und rannte. Plötzlich ragte ein Hindernis vor ihm auf. Eine schwarze Gestalt, die nicht menschlich aussah. Er prallte gegen sie und wurde weit zurückgeschleudert. Als er auf den Boden aufschlug, wachte er ruckartig auf.

Das Display seines Handys zeigte drei Uhr zwanzig. Er fuhr sich mit der Hand übers Gesicht, um den Nebel aus seinem Kopf zu vertreiben. Was für ein irrer Albtraum! Ins Krankenhaus! Im Geiste sah er sich kurz im Salpêtrière. Erst vor der Tür, dann drinnen. Er betrat das Gebäude. Nein, noch nicht, zuerst wollte er noch eine rauchen. Kurz durchatmen. Er suchte sein Feuerzeug und fand es nicht. Jemand gab ihm seines. Als er es zurückgeben wollte, war der andere zu einem Notfall gerufen worden. Da steckte er das Feuerzeug ein. Ein orangefarbenes Feuerzeug! Quentin versuchte sich mit aller Macht das Gesicht des Mannes in Erinnerung zu rufen. Ein Arzt, keine Frage, ein Chirurg, den er nur oberflächlich zur Kenntnis genommen hatte und deshalb nicht beschreiben konnte. Stimmte das? Und was bewies es? Er hätte am liebsten auf der Stelle Rosa geweckt, aber er ließ es bleiben. Die Rosa, die in seinem Schlafzimmer lag, war nicht im Entferntesten mehr die Frau, die hier vor ein paar Tagen angekommen war. Er durfte sie nicht unnötig stören. Die neue Rosa war eine dreiundsechzigjährige Dame, die ihren Schlaf bitter nötig hatte. Er fragte sich, ob sie ihren Elan und ihre Lebenslust je wieder ganz zurückgewinnen würde. Ob sie eines Tages wieder die Rosa sein würde, die man zu jeder beliebigen Tages- und Nachtzeit stören konnte.

Auch Brossard rief er nicht an. Der Lieutenant hatte ebenfalls ein wenig Ruhe verdient. Nur er selbst fand sie nicht. Hundert Mal ging er die Szene in Gedanken durch: Er entfernt sich ein paar Schritte von Brossard. Dieser betritt das Gebäude, er selbst bleibt vor dem Eingang stehen. Er geht auf den Standaschenbecher zu, an dem bereits ein paar fröstelnde Gestalten stehen und rauchen. Ein Mann reicht ihm sein Feuerzeug. Ja, es ist orangerot. Ist es dieses? Quentin schaltete das Licht ein und durchwühlte seine Schubladen. Kein anderes orangefarbenes Feuerzeug weit und breit. Klar. Er mochte die Farbe nicht. Schlaftrunken setzte er sich an den Schreibtisch und schaltete den Computer an. Er rief eine Suchmaschine auf und gab »Jean-Marie Francescas« ein. Auf dem Bildschirm tauchten Dutzende Einträge auf, Artikel sowohl vom Professor als auch über ihn, eine international bekannte Koryphäe auf dem Gebiet der Chirurgie, ein Pionier seiner Zunft. Und dann ein Foto. Ja, das war der Mann, der ihm Feuer gegeben hatte.

Um sieben Uhr fand er, dass man Brossard einen Anruf zumuten könne. Der Lieutenant war ganz und gar nicht seiner Meinung.

»Können Sie mich nicht mal ein paar Stunden in Ruhe lassen, um Himmels willen«, schimpfte er. »Es gibt nichts Neues!«

»Ich denke schon ...«, widersprach Quentin zaghaft und berichtete von seiner Entdeckung.

Der Lieutenant war besänftigt. »Also gut. Ich wollte sowieso heute zu ihm. In einer halben Stunde komme ich bei Ihnen vorbei und hole Sie ab.«

Das Domizil der Familie Francescas entsprach Quentins Erwartungen in jeder Hinsicht, nur das Wohnviertel nicht. Eine Stadtvilla im 4. Arrondissement. Er hatte eher eine Adresse im 16. erwartet.

Brossard klingelte. »Sie haben den falschen Beruf, mein Bester«, sagte er, während sie vor der Haustür warteten. »Auch wenn Sie hundertfünfzig Jahre lang Gitarre spielen, können Sie sich so eine Hütte nicht leisten.«

»Na, das trifft ja wohl auf uns beide zu«, konnte Quentin gerade noch erwidern, bevor die Tür aufging.

Vor ihnen stand ein ungefähr 16-jähriges Mädchen, das sie mit einer Mischung aus Neugier und Feindseligkeit anstarrte. Sie trug Jogginghosen und ein ausgefranstes T-Shirt. Ihre Ohren waren gepierct, und sie hatte dieselben Mandelaugen wie ihre Mutter, die panisch hinter ihr auftauchte, bevor das junge Mädchen den Mund aufmachen konnte.

»Geh dich anziehen«, fuhr sie ihre Tochter an, die sich nicht von der Stelle rührte. »Meines Wissens bist du nicht taub, Marion.«

Als ihre Tochter sich verzogen hatte, fragte Nathalie Francescas leise und angespannt: »Warum kommen Sie zu dieser Tageszeit? Was ist passiert?«

»Können wir hereinkommen?«, fragte Brossard zurück. Es war eine rein rhetorische Frage. Die Buchhändlerin trat zur Seite und ließ sie in den geräumigen Flur, aber sie führte sie nicht ins Wohnzimmer.

»Sie haben keinen Durchsuchungsbeschluss, nehme ich an.« Es klang, als hätte sie den Satz aus einem zweitklassigen Fernsehkrimi.

Brossard überhörte die Bemerkung. »Wir möchten mit Ihrem

Mann sprechen.« Er bemerkte ihr Zögern und setzte hinzu: »Das wollen wir schon seit drei Tagen.«

Nathalie war abgelenkt, am Ende des Flurs war ein zweites Mädchen aufgetaucht. »Das gilt auch für dich, Claire«, zischelte sie der stummen Gestalt zu. Zu Brossard sagte sie entschuldigend: »Mein Mann ist bereits auf dem Weg in die Klinik. Ein Notfall.«

»Merkwürdig«, erwiderte Brossard. »Ständig verfehlen wir uns. Ich hatte gehofft, dass wir heute mehr Glück haben.« Sein Tonfall ließ keinen Zweifel daran, dass eine erneute Enttäuschung unangenehme Folgen hätte. Die Hausherrin konnte den Blick nicht von der Tür am Ende des Flurs lösen. Sie schien zu befürchten, dass ihre Töchter jeden Moment wieder auftauchten.

»Rauchen Sie, Madame?«

Sie zuckte zusammen und fuhr herum.

»Nein, warum?«

Brossard gab keine Antwort.

»Und Solveig Brenner?«

»Sie hat versucht, damit aufzuhören. Ohne großen Erfolg. Aber seit einigen Wochen, weil die künstliche Befruchtung anscheinend endlich gelungen war … Sie war so glücklich …« Ihr versagte die Stimme.

Brossard wechselte einen Blick mit Quentin.

»Die künstliche Befruchtung?«

»Ja, Sie wissen doch, dass sie schwanger war?« Tränen standen in ihren Augen.

»Hmmm. Und Ihr Mann, raucht er?«

»Oh ja, leider. Dabei kennt er selbst die Risiken sehr genau. Aber was haben all diese Fragen zu bedeuten?«

»Ich danke Ihnen, Madame. Sollte ich Ihren Mann im Krankenhaus nicht antreffen, werde ich ihn einbestellen müssen.« Nathalie erblasste.

Auf der Straße blieb Brossard stehen. »Mir würde natürlich kein Richter einen Durchsuchungsbeschluss ausstellen«, gestand er.

»Wir haben gegen Francescas nichts in der Hand. Die arme Frau hat einfach panische Angst davor, dass wir ihm von ihrer kleinen Affäre erzählen. Und wahrscheinlich nicht zu Unrecht.« Nachdenklich stieg er in den Wagen ein. »Es wäre das Ende ihres Luxuslebens.«

Quentin nickte.

»Künstliche Befruchtung«, fuhr Brossard kopfschüttelnd fort. »Solveig hat also ihre Freundin belogen, damit sie nicht zugeben musste, dass sie gleichzeitig mit einem Mann geschlafen hat.«

»Das hätte der Romantik einen harten Schlag versetzt.«

»Welcher Romantik«, schnaubte Brossard. »Es ist doch eher eine ziemlich armselige Geschichte.«

»Nicht für Nathalie Francescas«, widersprach Quentin gedankenverloren. »Für sie war Solveig ohne Zweifel die Liebe ihres Lebens.«

Im Krankenhaus herrschte hektische Betriebsamkeit. Durch die Gänge eilten Krankenschwestern, Putzfrauen und Ärzte. Die Räume von Professor Francescas dagegen waren noch in ein mildes Halbdunkel getaucht. Sophie Desmoulins war auf ihrem Posten und tippte auf der PC-Tastatur, eine Krankenschwester bereitete das Zimmer vor, in dem der Herzchirurg seine Sprechstunde abhielt. Auf einem der Stühle saß eine alte Dame, die darauf wartete, dass sie an die Reihe kam. Ihre Haltung wirkte resigniert, und Quentin schloss daraus, dass der Professor sich bereits verspätet hatte, und zwar nicht zum ersten Mal.

»Guten Tag, Madame Desmoulins«, grüßte Quentin. Die Sekretärin ignorierte ihn. Sie fixierte Brossard und sagte in einem fast triumphierenden Tonfall: »Bedauerlicherweise ist der Herr Professor noch nicht da. Wie schade.«

Brossard wollte ihr gerade erklären, dass »schade« nicht das passende Wort sei und er die Angelegenheit signifikant beschleunigen konnte, was er aus Rücksicht auf den Mediziner bisher nicht getan hatte, jedoch ohne weiteres tun würde, wenn auch dieses Gespräch nicht zustande käme, als die Tür aufging und der Chirurg eintrat, die OP-Haube noch in der Hand. Er ging, ohne nach rechts und links zu schauen, auf sein Büro zu, doch Brossard verstellte ihm den Weg.

»Professor Francescas?«

Der Arzt warf ihm einen prüfenden Blick zu und nickte ungeduldig. Seine Zeit war kostbar, sollte das wohl heißen.

»Ich bin Lieutenant Brossard, und das ist mein Kollege Quentin Belbasse. Wir müssen Ihnen einige Fragen stellen.«

Brossard zückte seinen Ausweis. Francescas heftete den Blick auf seine Sekretärin, als sei sie für den lästigen Zwischenfall verantwortlich. Desmoulins ließ den Kopf hängen.

»Sie sehen doch, dass ich äußerst beschäftigt bin«, fertigte der Professor den Lieutenant ab und drückte sich an ihm vorbei.

»Das trifft auch für uns zu, Monsieur«, entgegnete Brossard schneidend. »Wir ermitteln in einem Mordfall.«

Francescas wirkte keineswegs beeindruckt, aber er schien zu begreifen, dass er sich dem Gespräch nicht entziehen konnte. Er wandte sich an die wartende Patientin. »Entschuldigen Sie, Madame, es wird nicht lange dauern. Ich bin gleich für Sie da.« Er ließ Brossard und Quentin in sein Sprechzimmer und schloss hinter ihnen die Tür.

»Also?«, fragte er.

Eine Aura von Kälte und Unnahbarkeit umgab ihn. Er war groß und schlank und hatte ein markantes, aber harmonisches Gesicht. Ein vom Schicksal Begünstigter, dachte Quentin. Das Bild, das seine Kollegen von ihm gezeichnet hatten, traf zu: ein selbstbewusster, dominanter, zupackender Mann mit einem beachtlichen Charisma.

»Wir ermitteln im Mordfall Solveig Brenner, einer Freundin Ihrer Frau«, begann Brossard. In Francescas' Gesicht zuckte kein Muskel. »Kannten Sie sie?«

»Meine Frau hat mir von ihr erzählt.«

Er setzte sich auf den Schreibtischsessel, nahm einen Stapel Post in die Hand und begann, die Briefe zu sichten.

»Sind Sie ihr persönlich begegnet?«

»Nein. Wenn ich etwas freie Zeit habe, verbringe ich sie mit meiner Familie oder meinen Freunden.«

»Ihre Frau hat Sie aber doch über den Tod von Madame Brenner informiert?«

»Ja, telefonisch. Sie haben sicher schon gehört, dass ich in den vergangenen Tagen auf einem Kongress in Nantes war. So häufig sehen wir uns nicht. Was ich bedaure. Aber wenn eine Frau einen Chirurgen heiratet, akzeptiert sie die Konsequenzen.«

Er legte die Post zur Seite.

»Der Tod dieser Frau berührt Sie nicht gerade«, konstatierte der Lieutenant.

Francescas fuhr sich durch die grau melierten Haare.

»Das ist traurig, aber wahr. Ich verbringe meine Zeit damit, Leben zu retten, und manchmal scheitere ich. Leben und Tod gehören zu meinem Alltag.«

Brossard ignorierte seine Worte.

»Sind Sie Raucher?«

Zum ersten Mal zeigte der Arzt eine Spur von echtem Interesse.

»Ja.«

»Kennen Sie das hier?« Brossard zeigte ihm das orangerote Feuerzeug.

»Von der Sorte gibt es tausende.«

»Die Farbe sagt Ihnen nichts?«

»Worauf wollen Sie hinaus? Ich hatte auch schon orangefarbene Feuerzeuge, wenn Sie das meinen. Aber jetzt ist es genug, meine Herren.« Aus seiner Sicht war die Unterhaltung beendet, und er stand auf. »Ich habe keine Zeit für solche Fragen.«

»Setzen Sie sich!« Brossards Ton ließ keinen Widerspruch zu.

»Der Sohn Ihrer Sekretärin arbeitet in der Buchhandlung Ihrer Frau.«

»Ja, ich glaube schon.«

»Er kennt sie demnach gut«, fuhr der Lieutenant fort.

Francescas setzte sich widerstrebend.

»Ja, mag sein, und was hat das zu bedeuten?«

»Es hat sich herausgestellt, dass der junge Mann einem Geheimnis auf die Spur gekommen ist.«

»Ich weiß nicht, von welchem Geheimnis Sie sprechen. Was das Personal so plappert, beachte ich grundsätzlich nicht.«

Brossard wechselte abrupt das Thema. »Sie haben mich gar nicht gefragt, wie Solveig Brenner gestorben ist.« Der Kardiologe hob eine Augenbraue, aber er sagte nichts.

»Sie wurde vergiftet, mit Digitalis.«

»Eine wirkungsvolle Methode. Grausam, aber wirkungsvoll«, sagte der Arzt gleichmütig.

»Wenn man die richtige Dosierung kennt«, gab Brossard ebenso ungerührt zurück. Es folgte ein längeres Schweigen.

»Sie verdächtigen mich. Das ist absurd.«

»Das behaupten ausnahmslos alle meine Kandidaten, wie Sie sich vorstellen können.«

»Wenn ein Feuerzeug alles ist, was Sie gegen mich in der Hand haben, Lieutenant, räume ich Ihren Ermittlungen keine großen Chancen ein.«

Er stand wieder auf und strebte der Tür zu. Er war schon halb aus dem Zimmer, als Brossard ihm nachrief: »Monsieur Francescas, Alain Desmoulins hat herausgefunden, dass Ihre Frau eine Liebesbeziehung zu Solveig Brenner unterhielt.« Der Chirurg erstarrte in seiner Bewegung. »Weil er eifersüchtig war. Er hat seiner Mutter davon erzählt, die wiederum seit vielen Jahren in Sie verliebt ist.«

»Lächerlich!«

»Ihre Sekretärin hat geplaudert«, präzisierte Quentin.

»Diese blöde Zicke!« Der Chirurg warf die Tür heftig zu. »Glauben Sie wirklich, meine Frau hätte mich betrogen? Mich? Und noch dazu mit einer Frau?« Er baute sich vor Brossard auf, der keine Miene verzog. »Einen solchen Mist habe ich ja noch nie gehört! Das ist üble Nachrede, weiter nichts. Eine Ausgeburt kranker Hirne!«

Er ließ sich schwer in seinen Ledersessel fallen.

»Wir haben mit Ihrer Frau darüber gesprochen«, nahm Quentin den Faden wieder auf. Brossard ließ ihn gewähren.

»So etwas würde ihr nie über die Lippen kommen.«

»Wir sind im Besitz gewisser Beweismittel.«

»Und zwar?«

»Fotos, Postkarten.«

Brossards Handy brummte. Francescas blickte irritiert in seine Richtung. Der Lieutenant überflog die SMS, die er erhalten hatte, und steckte das Telefon wieder ein.

Francescas war noch nicht fertig. »Selbst wenn man einmal, rein hypothetisch, annimmt, dass Sie recht haben mit dem, was Sie sagen, beweist das gar nichts. Es ist allenfalls eine banale Bettgeschichte, Futter für die Boulevardpresse. Ich bin Solveig Brenner nie begegnet. Sie haben nichts, aber auch gar nichts in der Hand.«

Brossard ließ sich nicht aus der Ruhe bringen. »Würden Sie uns bitte zum Quai des Orfèvres begleiten«, sagte er gelassen.

»Das kommt nicht infrage!«, protestierte Francescas heftig. »Was denken Sie sich eigentlich! Ich bin hier unabkömmlich!«

Brossard nahm den Mantel des Chirurgen vom Haken und hielt ihn dem Mann hin. Der nahm ihn mit finsterer Miene entgegen.

»Ich kann Ihnen versichern, dass so ein Polizeigewahrsam länger dauert, als man annimmt.«

Rasend vor Wut riss Francescas die Tür auf und wich unwillkürlich zurück. Mitten im Zimmer stand Sophie Desmoulins, mit hochrotem Kopf, die Hände in die Hüften gestützt.

»Blöde Zicke, ja? Das ist das letzte Mal, dass Sie mich so beleidigen, Herr Professor«, schrie sie ihm entgegen.

Brossard griff zum Handy und forderte leise einen zweiten Wagen an. Er stellte sich vor die erzürnte Sekretärin. »Sie werden uns ebenfalls begleiten, Madame Desmoulins.«

»Mit Vergnügen!«, blaffte die Sekretärin.

Hatte Brossard getrickst oder nicht? Quentin hätte es nicht sagen können. Hätte er den Professor ohne die aufgebrachte Reaktion seiner Sekretärin in Gewahrsam nehmen können? Hatte er von Anfang an damit gerechnet, dass Desmoulins sie belauschen würde, dass sie nicht anders konnte? Wie auch immer – die Kaltblütigkeit des Lieutenant imponierte Quentin gewaltig.

Nach einem fünfstündigen Verhör gestand Professor Francescas den Mord an Solveig Brenner, ohne dass seine Überheblichkeit je einen Riss bekommen hätte. Im Nebenzimmer saß Sophie Desmoulins und brach in regelmäßigen Abständen in Tränen aus.

»Also, Belbasse«, sagte Brossard, der anschließend gemeinsam mit Quentin das Polizeigebäude verließ, »bewundern Sie die Chirurgen immer noch so sehr?«

»Ich bewundere das, was sie tun, nicht unbedingt das, was sie sind.«

Brossard brach in Gelächter aus.

»Sie müssen immer das letzte Wort haben, wie?«

»Jedem seine kleinen Schwächen«, gab Quentin zurück und grinste Brossard an, bevor er sich im fahlen, kalten Licht des frühen Nachmittags auf den Weg nach Hause machte. Er hätte vor Müdigkeit umfallen können.

# 37

»Mein Entschluss steht fest«, begrüßte Rosa ihren Sohn, kaum hatte er die Türschwelle überschritten. »Ich werde mich für einige Zeit in einen Ashram zurückziehen. Ich muss den Kontakt zu meiner spirituellen Mitte wiederherstellen.« Quentin schmunzelte. Nur Rosa konnte Sätze wie diese mit einer solchen Inbrunst von sich geben. Er schloss daraus, dass es ihr schon viel besser ging.

»Und was hast du den Vormittag über getrieben?«, fragte sie, als sie merkte, wie erschöpft er war. »Ich habe auf dich gewartet. Und versucht, dich anzurufen.«

Quentin zog die Jacke aus, fischte sein Handy aus der Hosentasche und stellte fest, dass der Akku leer war.

»Wir haben ihn«, sagte er.

»Was? Brossard hat Thomas verhaftet?« Rosa streckte Halt suchend die Hand aus.

»Nein. Den Mörder.«

»Was bedeutet, dass Thomas nicht der Mörder ist? Wenigstens eine gute Nachricht. Wenn man in dieser Geschichte überhaupt von guten Nachrichten reden kann.«

Quentin ließ sich aufs Sofa fallen.

»Ich habe Hunger«, ächzte er. Er brachte nicht einmal mehr die Kraft auf, im Kühlschrank nachzusehen, was an Essbarem vorhanden war. Rosa nahm ihm den Gang ab. Sie holte mehrere Behälter mit exotischem Inhalt aus den Fächern. »Ich habe Tofu und ein paar Algen gekauft, aber ich weiß, dass du so was nicht besonders magst.«

Es ging ihr tatsächlich besser, das war offensichtlich. Sie belegte ein Brot mit Käse und stellte Quentin das Sandwich auf den Tisch.

»Professor Francescas.«

Sie nickte fast gleichmütig, als hätte sie es schon immer gewusst.

»Da haben wir's. Aus Eifersucht natürlich.« Sie setzte sich in einen der Ledersessel neben dem Couchtisch.

»Ja, gewissermaßen. Aber ich glaube, er hat es einfach nicht ertragen, von irgendwem in den Schatten gestellt zu werden. Dass seine Frau einen anderen Menschen ihrem göttergleichen Gatten vorzog.«

Rosa biss zerstreut in das Sandwich, das Quentin auf den Teller zurückgelegt hatte. Ihr Sohn blickte sie verwundert an, schwieg aber.

»Seine Sekretärin hat ihm von der Affäre seiner Frau erzählt. Er hat sich Solveigs Krankenakte besorgt und sich mit ihr verabredet, unter dem Vorwand, etwas mit ihr besprechen zu wollen«, berichtete Quentin. »Er hat sie abgelenkt und ein zweites Tablettenröhrchen in ihre Handtasche geschmuggelt. Eine der Kapseln hatte er mit einer tödlichen Dosis Digitalis präpariert. Er wusste, dass sie sie irgendwann schlucken würde. Solveig muss sich gewundert haben, dass plötzlich zwei Röhrchen in ihrer Tasche lagen, aber offenbar hat sie nichts unternommen. Und dann hat sie eines Tages die tödliche Kapsel geschluckt. Das Feuerzeug muss Francescas bei seinem Treffen mit Solveig versehentlich eingesteckt haben.«

Quentin schnappte sich das Sandwich, bevor seine Mutter noch einmal danach greifen konnte.

»Das heißt, sie hat die Kapsel, an der sie gestorben ist, nur zufällig während der Performance eingenommen«, folgerte Rosa.

»Ja.«

»Und wenn es nicht an jenem Tag passiert wäre, hätte ich womöglich nie herausgefunden, wer Thomas in Wirklichkeit ist.«

»Das stimmt«, pflichtete ihr Quentin bei. »Und du wärst unwissend, aber glücklich gewesen. Jetzt weißt du alles und leidest.«

»Mir ist es lieber, die Wahrheit zu kennen und ihr ins Gesicht zu schauen.«

»Darüber gehen die Meinungen auseinander«, sagte Quentin sanft. In diesem Moment fiel ihm auf, dass die Handwerker die Plane von der Hauswand entfernt hatten und endlich wieder halbwegs helles Licht durch die Fenster in die Wohnung strömte. Ein gutes Omen, dachte er erleichtert.

Gegen achtzehn Uhr klingelte Pierre, der Rosa zum Flughafen fahren wollte. Sie hatte sich noch für denselben Abend ein Flugticket nach Bombay gekauft. Hoffentlich findet sie da unten ein bisschen Frieden, dachte Quentin, selbst wenn es eine Weile dauert.

»Die Zeit vergeht in Indien anders als hier«, sagte Rosa, als sie sich zum Abschied umarmten. »Ich werde in eine Welt der Kontemplation eintauchen. Ich werde unablässig dieselben einfachen Gesten ausführen, bis ich mich geheilt fühle. Vielleicht komme ich nicht mehr zurück. Dann wirst du mich dort besuchen.«

Quentin nickte. Es war nicht das erste Mal, dass seine Mutter ihn nach Indien zitierte. Die Vorstellung, in das Land dieser immensen Kontraste zu reisen, missfiel ihm nicht einmal. Aber im Grunde wusste er, dass es zu dieser Reise nicht kommen würde, denn Rosa würde sehr bald wieder vor seiner Tür stehen. Es gab noch so viele Frauen, die unterstützt, so viele Anliegen, für die demonstriert, und so viele Skandale, die aufgedeckt werden mussten.

»Gute Reise, Maman …«

Er umarmte auch Pierre und dankte ihm aufrichtig für alles, was er für Rosa getan hatte. Dann schloss er behutsam die Tür hinter den beiden. Endlich allein.

Von diesem Augenblick hatte er so lange geträumt, und nun fühlte er sich doch ein wenig verloren. Eine gute Stunde lief er von einem Zimmer ins andere, bis ihm die neue Situation nicht mehr so fremd vorkam. Erst nachdem er das Bett frisch bezogen hatte, wurde ihm bewusst, dass er von nun an wieder darin schlafen konnte. Er streckte sich mit einem Seufzer der Erleichterung darauf aus, ein Glas Wein in Reichweite und seine Lieblingsgitarre auf den Knien. Gerade als er die ersten, gefühlvollen Blue Notes zupfte, klingelte es an der Tür. Einen kurzen Moment war er versucht, einfach nicht aufzumachen, doch das Klingeln hörte nicht auf. Widerwillig stemmte er sich hoch. Vor der Wohnungstür stand Jean-Michel Brossard, zu seinen Füßen zwei große Plastikboxen.

»Sie sollten nie die Tür aufmachen, ohne zu wissen, wer davorsteht«, sagte der Lieutenant statt einer Begrüßung. »Thomas Wayne ist immer noch auf freiem Fuß und hat die unerfreuliche Neigung, seinen Opfern nachzustellen und mit ihnen zu spielen.«

»Ich gehöre nicht zu seinen ›Opfern‹«, widersprach Quentin und realisierte gleich darauf, dass er sich täuschte. »Was bringen Sie mir da?«

Brossard trat ein und stellte die Boxen mitten im Wohnzimmer ab. »Ich bitte Sie nur sehr ungern darum«, sagte er zerknirscht. »Aber ich muss für ein paar Tage ins Krankenhaus …«

»Dann hatte ich doch recht. Sie *haben* gesundheitliche Probleme.«

»Die Ärzte vermuten ein Magengeschwür. Ich glaube zwar, sie täuschen sich, aber …« Brossard räusperte sich. »Kurz gesagt, ich suche jemanden, der sich während meiner Abwesenheit um meine Katzen kümmert, und meine Concierge ist in Urlaub …«

»Und da haben Sie an mich gedacht«, sagte Quentin. »Ehrlich gesagt, wundert mich das nicht. Wenn es um Hilfeleistungen geht, kommen alle gleich auf mich. Das ist mein Karma.«

»Ihr was?«

»Schon gut. Das können Sie nicht verstehen. Ich habe an meine Mutter gedacht.«

Brossard klappte die Gittertüren an den Boxen zur Seite, und zwei herrliche Siamkatzen stolzierten heraus, die, wie Quentin fand, so aussahen, als wollten sie sich umgehend auf seine Vorhänge und sein Sofa stürzen. Aber er sagte nichts. Einem Freund in Nöten muss man helfen, das ist eine heilige Pflicht.

**P. B. Vauvillé**
***Dunkle Nächte auf Montmartre***
Kriminalroman
Aus dem Französischen von
Yvonne Eglinger und Maja Ueberle-Pfaff
288 Seiten, Klappenbroschur
ISBN 978-3-455-00080-1

**»Wer ein Herz für schräge Vögel hat, die Melancholie hinter der Glitzerwelt mag und auf ein bisschen Wortwitz steht, den erwartet ein ganz wunderbares Lesevergnügen. Und wer Paris mag, der hat hiermit auf jeden Fall die perfekte Lektüre.«**
***WDR 2***

Paris im August: die Stadt glüht, die Einwohner fliehen, Touristen drängen sich auf dem Montmartre. Da wird im Cabaret von Moulin, genannt der Rote, die Leiche einer jungen Frau gefunden. Auf den ersten Blick scheint es sich um Daphné zu handeln, die kapriziöse Sängerin und einzige Frau in Moulins Transvestiten-Cabaret. Doch die Tote hat sich nur als Daphné verkleidet ... Moulin gerät unter Verdacht und beauftragt seinen Freund Quentin, der eigentlich Gitarrist ist, aber das Viertel kennt wie seine Hosentasche, mit den Ermittlungen. Quentin stößt auf ein Geflecht aus Lügen und Eifersucht: Denn im Cabaret hat jeder etwas zu verbergen.

**»Was den Thriller ausmacht, ist neben einer gut komponierten Story und originell gezeichneten Charakteren das perfekt herausgearbeitete Pariser Ambiente.«**
***Buchprofile***